아다치와 시마무라 10

이루마 히토마 지음

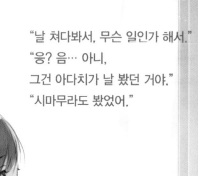

"날 쳐다봐서, 무슨 일인가 해서."
"응? 음… 아니,
그건 아다치가 날 봤던 거야."
"시마무라도 봤었어."

시마무라

아다치와 사귀기로 한,
수업을 자주 빼먹는 여고생.
아다치를 어떻게 대해야 할지
몰라 어려움을 겪었지만,
최근에는 조금
이해할 수 있게 되었다.

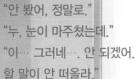

"안 봤어, 정말로."
"누, 눈이 마주쳤는데."
"이… 그러네…. 안 되겠어.
할 말이 안 떠올라."

아다치
시마무라에게 자신의 마음이 전해져
함께 지낼 수 있게 돼
기쁜 여고생.
사귀기로 했지만
아직 어쩌면 좋을지
갈피를 못 잡고 있다.

히노
나가후지의 소꿉친구로
명문 가문의 아가씨.
자주 나가후지네 집에
놀러 간다.

"너, 하고 싶은 일이라든가
장래 희망 같은 거 없어?"
"지금 하고 있는데?"
"그래?"
"응."

"이렇게 지내도 정말 괜찮을까,
하는 생각 조금도 안 들어?"
"그렇군."
"뭐가 그렇군이야."
"히노도 사춘기구나,
라는 그렇군."

나가후지

히노와는 유치원 때부터
어울리던 사이로,
히노를 아주 마음에 들어 한다.

"발렌탄데이니까요."

야시로

어느 순간 보면
시마무라네 집에
있는 아이로,
물색 입자를 흩뿌리는
자칭 외계인.

"야치~
나한테도
초코
주는 거야?"

미니 씨
시마무라의 여동생으로
야시로와 사이가 좋다.
아다치가 시마무라와
사이좋게 지내면
질투를 하기도 한다.

아다치와 시마무라

10

이루마 히토마 지음

eXtreme novel

'Fantasy Sister'

"자, 수리검이야."

"와~"

중학교 교복을 입은 언니는 아주 의기양양했다.

"이거 봐~ 공이야."

"언니, 대박~"

색종이를 접어 계속해서 모양을 만드는 언니는 콧대가 하늘을 찌를 듯했다.

"이 투구는 하나코한테 주자."

내 옆에서 선풍기 바람을 쐬던 개의 머리에 언니가 살짝 파란색 투구를 올려놓았다.

"얘 이름은 곤인데."

"아하하하하."

언니는 아주 언니다운 모습이었다.

"그러니까, 그러니까 말이죠, 돌아왔는데… 좀, 힘드네요! 상대는 신경 쓰지 않는 건지, 이래저래 많이 묻는데 전 그다지 인기가 없으니… 우호호. 이제 그만 집에 가고 싶어. 집은 여기지만요. 카하하. 그~ 뭐냐, 모레 정도에 돌아갈 거예요. 할아버지가 바래다줬으면 좋겠다~ 그그그그러네요~ …아니, '그'라는 말을 너무 많이 했네요…. 저어, 돌아가면… 만날래요? 왠지 좀 그러네요, 만나면 자신의 뭔가가… 아~앗 해 버릴 것 같아요. 아아~ 인가? 알겠나요? 알 리가 없겠죠. 네? 왠지 알겠다고요? 대박~ 그래서, 응. 네에, 네… 넵? 옙? 아, 아뇨아뇨아뇨, 만지게 해 줘? 해 줄래? 해 줄래라고 하긴가! 아뇨, 그, 저의 가, 가슴 따윌… 아뇨, 그… 조, 좋은가? 근데 저어 그쪽도… 어? 그러니까, 어, 미, 미야비? 으아, 오싹오싹해! 남을 그냥 이름으로만 부른 적이 거의 없으니, 왠지 어색하네요…. 정말 동갑이에요? 그렇겠죠? 아, 그런가… 정확한 나이는 수수께끼라고요? 수수께끼가 수수께끼를 부르네요! 네? 얘기를 다시 돌린다고? 돌리기냐~ 그런가~ 슴슴슴슴가. 만지면, 그~ 귀가, 귀가 말이죠, 찢어질 것 같아서 무서워요. 뜨겁거든요, 무진장. 이거 녹는 거 아냐? 할 만큼. 머리도 멍~해지고… 아뇨! 그래도… 저어… 네, 만지게 해 주, 세요? 세요! 세요세요! 그럼 이만!"

"………………."

"하, 하하하."

통화를 마친 언니가 갑자기 상기된 목소리로 웃었다.

동요하고 있나 보다.

그리고 돌아봤다.

옅은 미소가 나를 보더니 더욱 미덥지 않게 흐물흐물 구부러졌다.

"푸하앗!"

나와 마찬가지로 귀성 중인 옆집 언니가 펄쩍 뛰어올랐다. 할아버지 댁의 옆집 언니… 예전에는 귀성 시기가 겹쳐서 자주 같이 놀았다. 그 이후로 세월이 꽤 지났는데, 언니는 겉모습이 거의 변하지 않았다고 하면 될지, 인상이 정반대로 변했다고 하면 될지…. 성장을 안 해도 너무 안 한 게 아닐까? 아직도 중학생으로 보인다. 키도 그대로고.

솔직히 말하면 더는 언니라고 말하기 힘들었다. 그리고 머리에는 어째서인지 '연수중'이라고 적힌 명찰을 머리핀처럼 사용하고 있었다.

17세의 정월, 매년 그렇듯 할아버지 댁에 와서 할아버지와 할머니께 인사.

한 해가 시작되는 밤, 거의 비슷한 이유로 집 밖으로 나왔을 이곳에서… 지금 이런 모습이다.

양쪽의 집에서 새어 나오는 불빛을 등지고 나와 언니가 둘 다 굳어 버렸다. 왜 나까지?

밖으로 나온 순간, 목소리가 들리기 시작해 다시 되돌아가지도 못한 채 옆에서 이야기를 듣고 있었는데, 제삼자가 듣지 말았어야 더 시간이 원만하게 지나갔을 내용이었는지도 모른다. 그런 이야기를 밖에서 당당히 하는 것도 좀 그렇지 않나 생각하지만.

그런 일이 있었던 탓에 언니와 나 사이에는 묘한 긴장감이 감돌았다.

"츠, 츠키요였구나?"

정확하지는 않아도 그럭저럭 비슷한 이름이었다. 나를 올려다본 언니가 "이렇게 생겼었던가?" 하면서 고개를 갸웃했다. 그건 내가 하고 싶은 말이기도 했다. 물론 둘 다 원래는 이렇지 않았다.

언니가 쥐고 있던 휴대전화를 흘끗 바라보았다. 그러더니 으악~! 하면서 손으로 눈가를 감쌌다. 손가락 사이로 흘끔흘끔 나를 보기도 하고, 눈을 좌우로 움직이기도 하고 참 분주하다. 분주하기만 하고 사태는 전혀 움직일 생각을 하지 않았다.

"저어~"

"으에에에엑!"

"네?"

"착각하지 마 주세요."

"마 주세요?"

"방금 그건, 그러니까, 있지, 뭐냐, 전화야."

"네에."

어쩌면 이 사람은 말이 아주 서투른지도 모른다.

"드, 들었어?"

"드, 들었어요."

"전부?"

16

솔직히 대답했다가 내심 아차 싶었다. 모른 척하며 집으로 돌아갈 걸 그랬다.

"저, 전반 정도?"

"절반 정도라면 어딜?"

실제로도 전반부인지 후반부인지에 따라 꽤 인상이 바뀔 듯했다.

"전반부일까요…?"

냉정하게 생각해 보면 앞부분만 들었으면 지금 여기에 우뚝 서 있을 리가 없으니 모순이다.

"저, 전반부라면… 아슬아슬하게 괜찮겠지?"

나한테 물어서 어쩌려고?

어렸을 적 나랑 놀아 주던 언니가 이상한 이웃집 사람이 되어 가는 세계의 부조리를 한탄하고 싶었다.

"해, 행복하니?"

눈을 돌리면서 언니가 갑자기 수상한 질문을 던졌다.

혹시 이렇게 해서 이야기를 딴 데로 돌리며 얼버무릴 생각인가?

정말 이 언니 괜찮은가 싶기도 했지만, 문득 진지하게 생각하며.

"음… 그럭저럭이오."

아직 살아 있는 그 아이와 올해도 만났으니까.

그럭저럭한 정도가 아니라 사실은 그 이상으로. 그리고 그와 비슷한 정도로 코 속이 시큰해졌다.

"그거 다행이네."

빙글빙글 팽이처럼 회전하면서 언니가 집으로 도망쳐 들어가려고 했다.

"언니는요?"

의식적으로 그런 건 아니지만 옛날과 똑같은 호칭으로 불렀다.

회전하다 말고 돌아본 언니는 자세를 잡고 양손의 손가락을 튕겨 딱 소리를 내려고 했지만 실패해 스슥, 하는 소리를 냈다.

"에이."

행복하다는 건지 안 하다는 건지.

언니는 그대로 도망쳤는데, 조금 지난 후 집 안에서 끼에에에엑 하고 작은 동물이 괴로울 때 내는 비명소리가 들려왔다. 괴로워하는 작은 동물은 본 적이 없지만.

"뭐라고 말하면 좋을까. 언니한테도 나름대로 인생 역정이 있었구나."

그런 생각이 들었다.

하지만 이야기를 들어 보니 여친이 있는 건가. 아니라면 그런 관계가 아닌 사람의 가슴을 만지고 싶어 하는 사람이 되어 버린다. 그게 더 문제가 심각하다.

…여친.

미투, 라고 말한다면 어떤 반응을 보일까.

"이크, 이번엔 나인가."

짧게 반응한 전화를 바라보았다. 전화해도 되냐고 매번 미리 메시지를 보낸다. 신경 쓰지 않아도 되는데.

아니면 갑자기 전화했는데 내가 안 받으면 불안해지는 걸까?

언제나 신중하고 생각이 깊은 아다치의 전화를 받았다.

그리고 받자마자 물어봤다.

"네네, 행복하니?"

[어? 어, 어… 지금, 굉장히 행복해졌어!]

그거 다행이네.

'Astray from the Sentiment'

방에는 고민해야 할 만한 물건이 없었다. 기껏해야 옷과 추억이 담긴 물건 정도.

오락적인 요소가 없는 방에서 생활적인 요소를 하나씩 벗겨냈다. 오랜 시간을 보냈던 공간의 표면을 깎아 골판지 상자에 밀어 넣으니 남은 물건은 매우 적었다.

오늘 밤이 마지막이 될 침대의 가장자리에 앉으니 소소한 기억들이 떠올랐다.

시마무라네 집에서 도망쳐 집으로 돌아와 베개에 얼굴을 묻고 몸부림쳤던 날.

시마무라에게 전화하려고 전화 앞에 무릎을 꿇고 앉아 고뇌했던 시간.

내일을 앞에 두고 내일 있을 일을 생각하다 잠을 자지 못하고 쓸데없이 뒤척이기만 했던 밤.

…별로 소소하지 않은 것 같기도 하다.

모두 시마무라와 연결되어 있었다. 마치 그 이전에는 살아 있지도 않았던 것처럼. 실제로 시마무라와 만나기 전과 그 이후의 나는 너무 멀리 떨어져 있어서, 제2의 자신이라고 하면 될까? 재구축된 느낌이 들기도 했다. 그렇다면 지금 나의 실제 나이는 아직 어린 편인 셈이니, 시마무라에게 조금 응석을 부린다 해도 어쩔 수 없는 일이라 할 수 있었다. 할 수 있었다.

생활감이 사라진 방은 벽도 천장도 경치가 다르지 않았다. 뒤로 쓰러져 빈방과 다름없어진 공간의 공기와 함께 침대에 몸을 기댔다. 어제까지는 평소와 똑같이 생활했던 곳인데, 어쩐지 공기가 탁해 보였다. 인기척이 멀어진 방이 되어 버렸다. 내 마음은 벌써 새로운 주거 공간으로 앞서가 있는 것일까?

봄이 동네의 70퍼센트를 채운 그런 계절. 나는 내일 이 집을 떠난다.

시마무라와 같이 살기 위해서.

나도 시마무라도 어른이 되었다. 적어도 나이만큼은.

교복을 더는 입지 않고, 머리카락은 조금 길었고, 고생의 질이 달라졌고, 술은 조금 마실 수 있게 되었다.

아, 시마무라는 못 마시지만.

시마무라는 술을 전혀 받아들이지 못하는 체질이라고 한다. 일전에 성인이 된 기념이라고 하며 한번 시도해 본 적이 있었는데, 난리가 났다.

자세한 내용은 생략하겠지만, 어떻게 표현해야 할까, 시마라 이언이 되었다.

'엄마를 닮아서 그렇대.'

시마무라는 자신의 모습이 어이없다는 듯이 웃으며 그렇게 중얼거렸다. 그거야 어쨌든, 시마무라는 그 말대로 엄마를 닮은 듯했다. 분위기와 말투에는 그런 사실이 잘 드러났다.

부드럽고, 다른 사람에게 사랑받는 요소가 많았다.

나도 엄마를 닮았다는 생각이 든다. 아주 많은 곳이. 하지만 그게 기뻐할 만한 일인지는 잘 모르겠다. 우리는 조금 더… 그래, 조금 더 다른 방법이 있었을지도 모른다는 생각을 가끔 한다. 그렇지만 이제 와 아무리 생각한들, 단단히 굳어 버린 관계를 다시 재건할 시간은 없었다.

"………………………."

시간이 없다. 그건 아주 편리한 변명이었다.

더 알기 쉽게, 노골적인 표현을 사용해 보자면, 서로 성가셨던 거다.

얼마나 많은 대화를 거쳐야 다정한 사이라는 꿈같은 이야기에 도달할 수 있을지를 생각해 본다면.

"…시마무라 같을지도?"

기뻐해야 할 장면이 아닌데도 조금 기뻤다.

그리고 시간을 확인한 다음 방 밖으로 나갔다. 계단을 내려가는 발소리는 고등학생 시절과 다른 점을 느낄 수 없었다. 전에 시마무라한테 그런 소릴 했더니 '그건 정말 부러운걸?' 하는 소리를 들었지만 아직도 뭘 부러워했는지 이해할 수 없다.

1층에서 소리가 들려 거실을 들여다보는데, 소파에 앉아 멍하니 있던 엄마와 눈이 마주쳤다. 엄마는 나를 위아래로 쳐다보더니 물었다.

"저녁은?"

"밖에서 먹고 올게."

"그러니?"

엄마의 반응은 그게 전부로, 곧장 다시 앞을 바라보았다. 나도 역시나 곧장 현관으로 이동했다.

다들 우리랑 비슷할까?

시마무라네 집은 마지막 날 밤도 떠들썩할까? 아니면 의외로 조용할까. 시마무라네 여동생은 어떤 반응을 보일까? 울지도 모른다, 나랑 비슷하다면. 착 달라붙어 있을지도 모른다, 나랑 비슷하다면. 시마무라는 그걸 어떻게 받아넘길까.

그런 식으로 곧장 우리 집이 아니라 시마무라를 생각하고 만다.

나에게 집이란 기껏해야 그 정도로.

엄마도 그 정도에 불과하겠지.

설령 어떤 애착이 있다고 해도 말을 할 리는 없다.

자녀가 집을 떠나 가족의 형태가 바뀌는 그 순간에, 부모님은 과연 어떤 기분일까.

나는 자녀를 낳을 일은 없을 테니 평생 그런 감정을 느끼지 못하리라고 어렴풋하게 생각했다.

집에서 도망쳐 걸어 나온 곳에 아직 빛이 있어 나는 가슴을 쓸어내렸다.

확인도 안 하고 나왔으니, 가게가 문을 열지 않았다면 거리를 이리저리 헤매게 됐을지도 모른다.

여전히 빨간색과 노란색이 강조된 외관이 다른 건물과는 달라 약간 딴 세상 같았다. 하지만 이런 가게는 눈에 띄는 정도가 딱 좋을지도 모른다. 주차장에 세워진 차 옆을 지나 안을 들여다보았다.

앞문으로 들어가기는 얼마 만일까.

"어서 오… 어?"

습관적인 인사를 하다가 내가 누군지 알아챘는지 점장님이 나를 돌아보았다.

"오! 오늘은 손님인가?"

점장님이 나를 보더니 팔짱을 낀 채 성큼성큼 가까이 다가왔다. 오랜만에 만났는데 분위기는 전혀 변하지 않았다. 약간 위태로운 듯한 발음도 그대로였다.

"안녕하세요."

"헤이, 어서 옵쇼."

"오늘이고 뭐고, 알바는 꽤 오래전에 그만뒀을 텐데요…."

고등학교를 졸업하면서 그만뒀으니 여기 오지 않은 지는 꽤 오래된 편이다. 이곳을 떠나 더 먼 다른 곳으로 이사하니, 어쩌면 다시는 만날 일이 없을지도 모른다. 음식이야 뭘 먹어도 상관

없었기 때문에, 다른 이유로 행선지를 결정했다.

"내일 이사하게 돼서, 간단하게 인사도 할 겸 왔어요."

"그래, 그렇구나."

점장님이 고개를 끄덕였다. 끄덕인 다음, "응? 이사?" 하고 뒤늦게 눈치챈 반응을 보였다.

"굿바이 안녕이야?"

"네에. 그렇다고 해야 하나요."

"쓸쓸해지겠는걸?"

"정말요…?"

"좀 생각해 보니 별로 그렇지도 않긴 하네."

아하하하. 점장님이 가볍게 웃었다. 그럴 줄 알았다. 가게가 남아 있는 것도, 이 사람이 힘차 보이는 것도, 결코 당연하다고 할 수 없을 만큼 시간이 지나서 그런지 조금 안심이 되었다.

"뭐 먹을래? 뭐든 가능해."

거짓말도 참.

"자리에 앉으세요."

입구에서 제일 가까운 자리로 안내받았다. 이렇게 손님을 안내했던 시절을 떠올려 보았다.

그 차이나드레스 차림은 호평… 이었다고 한다. 주변이 어떤 평가를 내렸는지는 신경도 쓰지 않았었다.

단 한 사람을 제외하면.

"담배 피우시나요~?"

"자리에 안내한 다음에 물으면 이떡히나요?"

그 이전에 여긴 전체가 금연이다.

"여전히 재미없는 아이구나."

"감사합니다."

정식을 주문하자 점장님이 안으로 물러갔다. 교대하듯 밖으로 나온 아르바이트생 같은 여자아이는 유니폼 차림으로, 차이나드레스와는 아무런 인연이 없는 빈틈없는 모습이었다. 시대가 엄격해져서 그런 걸까? 턱을 괸 채 그런 생각을 했다.

나는 시마무라한테 칭찬을 받았으니 결과저으로는 잘된 일이라고 받아들였다.

결국 나는 시마무라다. 아니, 나는 시마무라가 아니지만. 그래도 시마무라다.

모르긴 몰라도 본인보다 시마무라를 더 생각하고 있을 테니, 내가 더 시마무라 농도가 높을 가능성도 있다.

시마무라는 언제나 철학적이다.

아직 이른 시간이라서 그런지 나 이외에는 손님이 없었다. 아르바이트를 하는 아이도 할 일이 없어 그냥 서 있을 뿐이다. 나도 한가할 때는 저렇게 아무것도 안 하며 시간을 보냈다. 바쁠 때든 한가할 때든 시급은 똑같으니 이상하다든가, 당시에는 그런 생각을 했던 기억이 난다.

"......................."

눈을 감으니 평소와는 다른 냄새만이 느껴졌다.

몇 년이나 생활해 온 장소에서 맞이하는 마지막 밤을 밖에서 보낸다. 집에서 도망쳤다기보다는 집 안에는 없는 뭔가를 찾고 있는 듯한… 자신 안에 거의 싹트지 않은 서운하고 아쉽다는 감정을 어떤 식으로든 줍고 싶어서 걸어 다니는 듯한… 그런 기분이 들었다.

아무래도 나는 감상적이 되고 싶은 모양이었다.

어째서일까?

대답은 모르겠다. 그런데 어째서인지 그런 감정이 필요하다고 생각하고 있다.

지금의 심경은 결혼식 전날 밤과 비슷할지도 모른다. 결혼해 본 적은 없지만.

하지만 새로운 사람과 새로운 장소를 만든다는 점에선 결혼과 비슷하다고 할 수 있을까?

헤어지기 싫다고… 시작하기 전부터 그런 생각이 들었다.

그리고 주문한 정식은 아르바이트 직원이 아니라 점장님이 가지고 왔다. 볶음밥에 작은 라면, 그리고 소소한 디저트에 해당하는 색채가 화려한 젤리가 하나. 접시 끝에 담긴 닭튀김이 접시의 위와 왼쪽으로 튀어나와 있었다. 암초처럼 울퉁불퉁한 모습이다. 그립긴 하지만, 그게 서너 개나 있으니 다 먹을 수 있을지 불안했다.

"정식이 이렇게 호화로웠나요?"

"그럴 때도 있어."

카하하, 하고 웃으면서 점장님이 일이 없을 때의 정위치로 돌아가려 했다.

"차이나드레스는 입을 수 있을 때 입어 둬~"

그 마지막 충고 같은 말을 듣고, 어색하나마 가능한 한 웃으면서 살짝 고개를 끄덕였다.

입을 수 있을 때라.

몇 살이 되든 입고 싶을 때 입으면 되겠지만, 지금은 그런 뜻으로 한 말이 아니겠지.

그렇게 생각하기로 했다.

과식했다. 오른쪽 옆구리를 쓰다듬으면서 집으로 돌아갔다.

여전히 가격에는 어울리지 않는 많은 양이 나와 추억이나 분위기 같은 것에 젖어 먹긴 했으나 한계를 넘어선 양이었다. 마지막에는 무슨 맛인지도 느끼지 못한 채 닭튀김을 베어 먹었다.

배가 부르니 그에 맞춰 발걸음도 무겁다. 고개를 숙여 아래로 흘러내린 머리카락을 쓸어 올리며 밤하늘을 올려다보았다.

밤하늘과 공기의 냄새만큼은 얼마나 시간이 지나든 변함이 없다.

더는 만날 일이 없는 사람, 올 일이 없는 길을 돌아보지 않으며 생각했다.

고등학생 시절, 아무런 감동도 없이 왕복했던 길 끝에 이런 미래가 있을 줄 누가 상상이나 했을까. 코앞으로 닥친 그 미래를 생각하면, 옛날로 돌아가고 싶다는 회고는 나와는 무관한 일이었다.

"앗, 아다칫치다."

"칫치다~"

내 이름이랑 비슷한 말로 부르는 소리가 들려 돌아보니 히노와 나가후지였다. 마지막으로 만난 날은 몇 년 전의 언젠가로 기억을 떠올리기도 힘들 정도였지만, 두 사람의 모습에서 받게 되는 인상은 전혀 변하지 않았다.

히노는 낚싯대를 메고 있었고, 나가후지는 왜 그러는지는 몰라도 검지를 내밀고는 손가락을 빙글빙글 돌리고 있었다. 그리고 곧장, 왜 그러는지는 몰라도 두 사람은 내 주변을 빙글빙글… 자세히 보니 어느새 빙글빙글 도는 사람이 셋으로 늘어나 있었다. 신기한 물색 머리카락을 지닌 아이가 섞여 들어서는 "와아~!" 하며 참가하고 있다.

어떤 반응을 보이면 좋을지 몰라서 나는 꼼짝도 안 하고 속수무책으로 그 모습을 지켜봤다.

다섯 바퀴 정도 돌았을 때, 히노와 나가후지가 웃으며 나한테서 떨어졌다.

"물론 볼일은 없어. 그럼 잘 가, 칫치~ 시마무라한테 안부 전해 줘~"

"잘 가, 칫치~"

"잘 지내~"

두 사람은 곧장 떠나갔다. "앗, 응." 하고 대답했지만 전해졌을지 어떨지 확실치 않았다.

뭐라고 하면 좋을까.

어쩌면… 아니, 높은 확률로 이게 마지막이 될지도 모르는 만남인데 아주 담백했다. 하지만 나와 두 사람의 관계는 어차피 그 정도인가 싶어 이해가 되기도 했다. 나는, 차가운 사람이다.

본질적으로 타인에게 관심이 없다. 그러니까 상대도 나에게 관심이 없을 수밖에 없다.

그게 진정한 자신이라고 한다면, 시마무라를 계속 뒤쫓는 자신은 대체 누구인 걸까.

가끔 그런 생각을 하게 된다.

…그런데.

"안녕하십니까~"

물색 머리카락인 아이는 옆에 여전히 남아 있었다. 이 신기한 생물의 이름을 바로 떠올릴 수 없었다. 겉모습도 이상하고, 오리

너구리를 본뜬 것으로 보이는 잠옷을 입고 있기도 했다. 후드 부분에서 뻗은 부리가 굉장히 눈에 띄었다.

"아, 안녕."

"호호호."

"어? 안 가…?"

이미 저 멀리 가 버린 히노와 나가후지의 등을 가리켰다. "왜 가야 하나요?" 신기한 생물이 고개를 갸웃했다.

"빙글빙글 돌기에 같이 참가했을 뿐입니다만."

"아, 그랬어……?"

신기한 생물은 내 옆에 와서는 움직이지 않았다. 가만히 바라보면서 살짝 앞으로 나서 보았다.

스슥, 하고 같이 움직였다. 총총총, 하고 세 걸음 크게 앞으로 나서니, 뛰어오르듯이 나를 따라왔다. 그리고 내가 멈추자 딱 하고 정지했다. '무궁화 꽃이 피었습니다' 놀이를 하고 있는 것처럼. 둘 다 보폭을 크게 벌린 채 멈춰 있어, 옆에서 보면 바보 같아 보일 듯했다.

어쩌면 좋을지 모르는 눈으로 돌아보니 "호호호." 하고 천진난만하게 웃고 있다. …껄끄럽다. 어린이는 어떻게 대하면 좋을지 모르겠다. 타인에게 냉담한 성격이란 자각은 있지만 어린이를 그렇게 대하면 조금 양심의 가책이 느껴지는 건, 본능에 호소하는 뭔가가 있어서 그런 걸까?

"왜 그러시는지요?"

그건 내가 하고 싶은 말이었나. 왜 따라오는 걸까?

"아니… 왜 따라오는지 모르겠어서."

"하하하, 무슨 말씀입니까. 무슨 생각을 하는지 알 수 있는 상대가 어디에 있을까요?"

별것 아니라는 듯이 대답했지만 조금 깨달음을 얻었다.

"그럴지도?"

그렇게 심오한 생각을 하기도 하는구나, 이 오리너구리. …그건 아닐지도. 그렇게 생각하며 부리를 바라보았다.

내가 이 신기한 생물을 혼자서 보는 건 드문 일인지도 모른다.

항상 시마무라한테 들러붙어 있다는 인상이었다.

시마무라한테.

살짝 발끈하며 바라보는데 신기한 생물은 생글거리며 나를 마주 보았다.

"저는 아다치 씨를 좋아합니다."

"어…? 고… 고마워?"

남에게 좋아한다는 말을 듣다니, 좀처럼 경험하기 힘든 일이다. 시마무라 이외에는… 이외에는, 혹시 이게 처음 아닌가? 부모님도 나한테 직접적으로 좋아한다는 말을 한 적이 없다. 날 좋아하는지도 확실치 않다.

남에게 자신의 호의를 전달하는 건, 어렵다.

그러니까 그걸 쉽게 해내는 이 아이는… 신기하다.

원래부터 너무 신기한 아이기는 하다. 왜 머리카락과 손톱이 이렇게 별난 색일까.

시마무라가 그 점을 전혀 신경 쓰지 않으니 예전부터 언급하기가 어렵긴 하지만.

"모든 사람을 좋아한다는 것은 아주 훌륭한 일이지요."

"응? 으응…."

대충 맞장구를 치긴 했지만 좀 마음에 걸렸다.

시마무라가 모든 사람을 좋아하는 상황을 상상해 보았다. 시마무라가 누구에게나 미소를 짓는 모습.

나한테도, 다른 사람 모두에게도. 환하게, 평등하게.

나한테 조금이라도 더 주의를 기울이는 일 없이.

솔직히 싫다는 생각이 들었다.

그래서 결국 내 마음속의 대답은 이렇게 되었다.

"아니, 별로."

"그런가요?"

나를 긍정하지도 부정하지도 않는 신기한 생물과 잠시 나란히 걸었다.

아주 약간 궁금해져서 어디로 가는지 물어보니, 신기한 생물은 "어디든 상관없습니다만." 하고 정말 어디든 상관없다는 듯이 대답하며 계속 앞을 바라만 보았다.

"걷다 보면 어딘가에는 도착하니까요."

이디기. 달관한 것처럼 그렇게 말한다

"···그런가?"

"그렇더군요."

왠지는 몰라도 과거형으로. 그리고.

"그러고 보니 오랜만이군요, 아다치 씨."

"어? 응?"

"7199년 만인가요?"

"뭐?"

"호호호. 건강해 보이시니 정말 다행입니다."

사람의 의문을 무시한 채, 신기한 생물은 무의미하다는 생각
이 들 정도로 온화하게 계속 미소를 지었다.

집에 돌아와 보니 웬일로 엄마의 들뜬 목소리가 들려왔다. ···
아니, 내가 잘 모르는 것뿐인가?

누군가와 이야기를 하고 있는 모양이었다. 말을 걸까 말까 망
설이며 걷는데 엄마도 날 눈치챘다.

내 쪽을 돌아보며 살짝 눈을 가늘게 뜨면서.

"어서 오렴."

"···다녀왔습니다."

담백한 대화. 하지만 그런 것도 이게 마지막일지 모른다.

나는 쓱 그 자리를 지나갔다.

"아, 딸이 돌아와서… 뭐? 왜?"

엄마가 무슨 대화인가를 나눈 다음 나에게 전화를 내밀었다.

"…뭔데?"

나는 무심코 걸음을 멈췄다.

"바꿔 달래."

"누군데?"

받아 보면 안다는 듯이 엄마는 한숨을 내쉬었다. 나는 엄마에게 다가가 전화를 받아 귀에 댔다.

엄마 지인 중에는 전혀 아는 사람이 없었다.

"여보세요?"

[야호, 아다치.]

"아, 시마무라의…."

목소리를 듣고 바로 시마무라네 엄마란 사실을 알아챘다. 지인 중에 이렇듯 밝은 목소리로 말을 거는 사람은 몇 안 된다. 나도 모르는 새에 엄마끼리도 친해졌다. 시마무라는 뭔가 알고 있는 눈치인데, 새삼 보니 아직 그 일에 관해 자세히 물어본 적이 없다. 시마무라와 얼굴을 마주하면 그 이외에도 생각할 일이 많아서 그런 질문을 할 여유가 없었다.

그건 그거고 지금은 통화. 시마무라에 관해 할 말이 있는 걸까?

[시마무라의 엄마 A야!]

"아…… 네? 네에."

B가 있는 걸까?

[흠흠, 그렇구나.]

뭔가를 알겠다는 듯 말을 하는가 싶더니.

[쌀쌀한 반응이나 서늘한 목소리가 똑같네.]

누구랑 똑같냐고 확인할 필요조차 없었다. 나랑 똑같은 사람을 슬쩍 바라본다.

엄마는 옆에서 거북한 듯이 허리에 손을 대고 서 있었다.

[잘 있니~?]

"자, 잘 있는데요."

예전에 시마무라에게 했던 그것을 떠올렸다. 지금도 가끔 당해서 부끄럽다.

[그런데 아다치도 참 유별나네.]

"…네?"

[호게츠는 생활력이 별로라 각오해 둬야 할걸~?]

헐렁한 시간 감각, 꼼꼼하지 못한 청소, 노력만 열심히 하는 요리. 손꼽아 세어 보듯이 시마무라를 평가해 갔다. 내가 보기에 시마무라는 여러 면으로 여유가 있었기 때문에 관점의 차이가 느껴졌다. 가족… 아니, 같은 집에 사는 사람은 시마무라라는 인간의 조금 단단한 가장자리를 쥐어 보면서 파악하고 있는 모양이었다.

반면에 지금 나는 전체적으로 느슨하게 시마무라의 모두 면을 바라보려는 사람에 가깝지 않을까?

[아다치는 요리 잘 하는 맨?]

"맨은 아니에요."

[거~얼?]

"요리는 별로."

먹는 일에 큰 흥미가 없으니 실력이 늘 리도 없었다.

"앗. 하지만 시마무라한테 오코노미야키는 만들어 준 적이 있었네…."

[그래. 그런 일도 있었지.]

"네?"

[모르는 일이지만.]

"그… 그런가요?"

껄끄럽다. 싫은 게 아니라, 껄끄러운데. 엄마도 분명 나랑 마찬가지일 거라 생각한다.

"저어, 시마무라가 생활력이 없어도."

어디까지나 가정일 뿐 깎아내릴 생각은 없어, 그렇게 여기에는 없는 시마무라에게 양해를 구하면서.

"제가, 노력할 거니까요."

그리고 시마무라도 역시, 열심히 노력해 나에게 부족한 면을 보충해 주리라고… 본다.

믿는다.

[그러니? 멋진걸?]

"가, 감사합니다."

[호게츠가 늦잠 잘 것 같으면 봐주지 말고 엉덩이를 발로 뻥 차서 깨워 줘.]

"네…? 저어, 누워 있으면 어쩌죠?"

내가 생각해도 참 쓸데없는 걱정이다.

[몸을 뒤집어서 발로 차 버려.]

왜 집요하게 발로 차게 만들고 싶어 하는 걸까. 솔직히 도무지 그렇게는 못 할 것 같았다.

시마무라를 발로 차는 자신의 모습은 상상조차 할 수 없었다. 상처 입힐 방법이 도저히 떠오르지 않았다. 그건 저주 같기도, 계약 같기도, 적극적으로 시도하기엔 조금 부담스러운, 절대적인 조건처럼 느껴졌다.

[그런 느낌으로.]

"네, 네에."

어떤 느낌인 걸까.

[음~ 그러니까. 정리하자면 우리 바보 같은 딸이랑 사이좋게 잘 지내 줘.]

평소와는 달리 약간 쑥스러운 듯 말이 빨라진 듯한데, 나의 착각일 뿐일까?

"저어, 네. 저야말로."

저야말로? 그게 무슨 말이지? 잘 부탁한다고? 뭔가 말을 잘못한 기분이 든다.

[사이좋게. 무슨 일이든 사이좋게.]

"네."

[받아들여 줘.]

"바, 받아들였습니다?"

[좋아.]

아주 만족스러운 듯했다. 그리고 이야기는 이것으로 끝인 모양이었다.

전화로 한 이야기의 의도는 알겠지만, 잘 모르겠다고도 해야 하나? 내용은 잘 이해할 수 없었다.

시마무라라면 이해하고 잘 대답할 수 있었을까?

모녀지간이라고는 해도 역시 말투는 어딘가 모르게 남이라고 할지… 활용하기 힘든 점이 많았다.

"응."

전화를 돌려달라는 듯이 엄마가 손을 내밀었다. 건네주자 아무 말도 없이 소파로 돌아갔다.

"…어? 혹시 아직 안 끊어졌어?"

엄마가 고개를 갸웃하며 전화를 귀에 대더니 곧장 얼굴을 찡그렸다.

"시끄러워! 이제 할 얘기도 없잖아. …뭐어?"

아직 더 한참 이야기가 계속될 듯해서 나는 아무 말도 없이 방으로 돌아갔다.

덧붙이자면 신기한 생물은 정말로 갑작스럽게 달리기 시작하더니 어딘가로 사라졌다. 밤을 다시 물들이는 듯한 선명한 물색이 직선을 그리며 멀어지는 모습을 보니, 마치 꿈이라도 꾸고 있는 것만 같았다. 정말로 꿈일지도 모른다.

그렇지만 아직도 남아 있는 위장의 묵직함이 지금까지의 시간이 현실이란 것을 알려 주었다.

2층으로 돌아가 불을 켜기 전에 전화를 확인했다. 아직 시마무라의 반응은 없었다. 조금 전에 전화해도 되냐고 메시지를 보냈는데 대답이 없는 걸 보면 자고 있는지도 모른다. 예전에는 대답이 없는 이 시간이 너무 불안했다. 지금도 안절부절못한다. 그래도 과거의 경험 덕분에 시마무라라면 절대 무시하지 않을 거라든가, 언젠가 대답해 주리라는 그런 확신만큼은 가질 수 있다. 시마무라는 다정하다. 마음속에서 항상 쑥스러워하며 내놓지 않았던 다정함을 이제는 거의 숨기지 않는다.

그게 나와 만나 생겨난 시마무라의 변화라고 생각하는데, 그건 나의 지나친 자만일까?

불을 흐릿하게 켜 놓고 침대에 올라 벽에 등을 기댔다. 다리를 뻗고 전화를 쥔 채 쉬면서 시마무라를 기다렸다. 어제까지의 과거와 하나도 다르지 않은 일을 반복하고 있지만, 내일은 완전히 다른 장소로 가게 된다. 하루하루가 쳇바퀴가 아니라 조금씩 앞으로 나아가고 있다는 증거였다.

이렇게 그 전날이 되니 신기하게도 실감이 약해졌다.

멀고 흐릿하게 보였던 꿈을 붙잡아 의식이 넓게 확산되고 있는지도 모른다.

잠시 후, 전화가 진동했다. 내 전화가 반응하는 상대는 한 명밖에 없다.

[미안미안, 잤어.]

"알아."

보지 않아도 웃는다는 걸 알 수 있었다. 그리고 잠시 시간을 두고 시마무라가 전화를 걸었다.

"여보세요."

[안녕칫치~]

"…그거 유행이야?"

[응? 어디서?]

아무것도 아니야. 그러면서 그 이야기는 거기서 끝을 냈다. 벽에 기댄 채, 어중간하게 빛나는 전등을 올려다보았다.

약한 빛은 미덥지 않았고, 그렇기에 눈을 돌리지 않고 바라볼 수 있었다.

"안녕."

[그래그래, 안녕. 그래서, 아다치는… 분명 특별히 볼일은 없겠지?]

"응. 그냥 시마무라랑 이야기를 하고 싶었어."

시마무라의 가벼운 웃음소리가 들렸다.

[내일부터는 매일 얼굴을 보고 살 텐데.]

그 한마디에 부옇게, 등롱에 불이 들어오는 듯했다. 봄이 내 몸속에서 싹을 틔우듯 따뜻했다.

"그렇구나. 이제 통화할 일도 줄어들게 될까?"

[그럴지도 모르지. 아, 집 안에서 통화할까?]

"실 전화기도 좋을지 모르겠네."

실제로는 만들어 본 적도, 사용해 본 적도 없다. 지식에만 존재하는 물건이었다. 목소리가 어떤 식으로 들릴까? 다양한 시마무라의 목소리를 듣고 싶다. 많이 모아서, 문득 떠올리면 또 듣고 싶어지고. 그런 흐름을 만들어 가고 싶었다.

[후후후. 음, 흐~응, 후후후.]

서먹서먹함을 메우려는 듯한 작은 웃음소리가 계속 이어졌다. 어쩌면 시마무라도 역시 조금 마음이 진정되지 않는지도 모른다. 지금까지도 거의 매일 만나고 있는데, 내일부터는 매일 같은 나날을 공유하게 되고, 그럼에도 틀림없이 새로운 것들이 많이

기다리고 있겠지. 시간이 지난다고 해도 그것은 결코 나쁜 일만은 아니었다.

[내일부터는 아닷칫치랑 같이 지내는구나….]

"…싫어?"

[싫으면 그렇게 같이 방을 찾으러 다니지도 않았지. 단지.]

"단지?"

[방을 정리해야 하니까, 조금 우웩 하고 있어.]

"우웩."

흉내 내 봤지만 그 감정을 정확히 파악할 순 없었다. 일단 싫어한다는 것만큼은 이해했다.

"같이 정리하면 분명 즐거울 텐데… 그랬으면 좋겠다."

보증할 수 없으니 괜히 약해졌다. 양도 꽤 많고, 커다란 짐도 옮겨야 하고, 꿈같은 이야기의 시작치고는 현실적인 이야기였다. 아니면 이미 꿈을 훌쩍 지나 버려 현실만이 남아 있을 뿐인가? 현실은 지금의 나에게 갈증을 안겨 주었다.

"난 너무 기대돼서 잠을 못 잘 것 같아."

언제나 그렇듯. 무서워서 잠을 못 자기도 하고, 긴장해서 잠을 못 자기도 하고, 그냥 잠들기 힘들기도 하고.

건강하지 못한 생활을 하는 편인데도, 의외로 난 분주하게 잘 움직이고 있었다.

시마무라한테 어떤 에너지를 받은 덕분에 팔다리를 열심히 돌리고 있는 건지도 모른다.

그 가설은 꽤 정확할 듯했다.

그저 이야기를 하기만 해도, 내가 모르는 몸의 기관이 충만해 진다.

"시마무라랑 나의 집."

[우후하하하.]

"이, 이상하게 강해 보이는 웃음소리야."

[미안해. 고개를 끄덕이려고 했더니 웃음이 같이 나와서.]

대체 무슨 상황인 걸까. 그리고 지금 웃어야 할 대목이 있었나?

시마무라는 아직도 수수께끼 같은 생명체다.

[나랑 시마무라 순서가 아닌 점이, 아다치다워서.]

그런가? 보통은 그렇게 말하나? 나의 평범함과는 많이 다르다.

"그렇지만 시마무라가 없다면 의미가 없는 곳이니까."

그게 시마무라의 이름이 가장 처음에 나온 이유였다. 시마무라가 모든 일의 시작이다. 자신 이외의 존재에서 자신이 시작된다는 모순이 지금의 나를 이토록 행복하게 해 주었다.

[나도 아다치가 아니었다면… 뭐, 집을 나가 살자는 생각은 안했을 거야.]

"…그렇겠지?"

시마무라네 집은 분명 마음 편한 장소일 테니까. 그런데도 나와 함께 사는 것을 선택해 준 시마무라에게 몇 번이고 감사하고 있다. 감사한 만한 일이 아니라고 시마무라는 몇 번이나 말을 해 줬지만.

스스로 선택한 일이라고, 시마무라는 온화하게 웃으며 말했다.

"시마무라는… 가족하고 뭐라도 대화 나눴어?"

[응? 오늘?]

"응."

[우리 집은 별로…. 조금 분위기가 가라앉긴 했을지도 몰라. 그런데 우리 집엔 분위기 파악을 못 하는 아이가 있어서, 그 덕분에 분위기가 저절로 풀리거든. 아니, 오히려 분위기 파악을 했다고 할 수 있을까…? 음~ 잘 알기 어렵네~]

그 부분은 잘 알 수 없었지만, 남들만큼은 대화를 나누긴 한 모양이었다.

[그런 걸 묻는 걸 보니 아다치는 거의 대화를 안 나눴나 보네?]

"응… 으응, 전혀."

[전혀 안 나눴구나~]

"전혀 안 했어."

완벽히. 마치 이미 내가 이 집에서 사라진 것처럼.

있었을 때와 아무것도 변하지 않은 채 시간이 흘러 어느새 밤이 되어 있었다.

"역시 이상한가?"

[그러네.]

시마무라는 말을 돌리는 일 없이, 조금 졸린 듯한 말투로 대답했다.

[그런데 아다치는 항상 이상하니….]

"어?"

[어흠. 그건 제쳐 두고, 진지하게 얘기하자면.]

제쳐 둬도 되는 걸까? 나로서는 마음에 걸리는 데가 있었지만 진지한 이야기를 한다고 하기에 아무 말도 하지 않았다. …요즘엔 이래 봬도 꽤 흔들림 없이 시마무라를 대할 수 있는 시간이 늘어났다고 자부하고 있다.

[이상하지만, 하나도 안 이상해.]

"어려워."

[엄마와 딸이니까 서로 자연스럽게 이해할 수 있었다면 좋겠지만, 실제로는 그렇게 쉬운 일이 아닐 거야. 그 사람과 사이가 좋아지고 싶다면 서로 고생도 하고, 마음도 터놓기도 하면서, 최선을 다해야 한다는 사실을 요즘 들어 느끼기도 하고, 옛날이 생각나기도 하고 그래. 그러니까 아다치와 아다치네 엄마 사이에 아무런 교류가 없는 것도 당연하지 않을까 생각해.]

"응…."

내가 느꼈던 감정과 거의 비슷했다. 그런 사실이 조금 기뻤다.

[그래도 그런 당연하다는 전제가 없다는 사실이 꼭 나쁘지만
은 않아. 이를테면~ 나랑 아다치도 그런 전제가 없었잖아? 그
냥 고등학교 동급생이었을 뿐이었어. 이웃사촌도 아니고, 전생
부터 사귀던 사이도 아니고… 그거야 단지 추측일 뿐이고, 전생
이란 말을 꺼낸 건 좀 그렇긴 하지만. 만약 첫 만남을 위해 특별
한 접점이 꼭 필요하다고 한다면, 아다치랑 난 평생 사이가 좋아
지긴 어렵지 않았을까?]

　"그럴지도….."

　시마무라와의 만남은 정말로 우연이었다. 나도 시마무라도 분
명 체육관 2층에 가야 할 명확한 이유는 없었겠지. 그렇지만 거
기서부터 서로 노력을 하고, 선택을 하며 지금에 이르렀다.

　나는 이미, 다른 사람에게는 그런 관심을 전혀 기울이지 않은
채 여기까지 왔다.

　기울이자는 생각조차 하지 않을 정도로 오로지 시마무라만을
바라보았다.

　나는 깜짝 놀랄 만큼 단순한 사람인가 보다.

　"시마무라와 친해졌으니… 그거면 충분해."

　나의 세계는 시마무라 그 자체로, 모든 것이 시마무라로 되어
있었다.

　그러니까 시마무라를 계속 갈구하는 동안에는 아무것도 잃을
것이 없다.

[아다치가 그걸로 충분하다면, 나도 괜찮아.]

"응."

그 목소리는 마치 자장가처럼 다정했다. 자연히 등을 둥글게 굽히며 무릎을 껴안았다.

하암, 하는 시마무라의 작은 하품 소리가 들렸다.

[한참 잤는데 이상하네.]

"이제 전화 끊을까?"

[어? 아다치가 먼저 그런 소리를 하다니.]

"너무 이야기를 많이 하면, 내일 해야 할 분량이 사라질지도 모르니까."

[아니아니, 많이 있어.]

시마무라가 이렇게 명확히 말을 하는 건 좀 드문 일이라 그 말에 이끌려 내 가슴이 크게 뛰었다.

그래, 이제부터 나에게는 시마무라와 함께하는 시간이 가득 주어진다.

벽에 등을 기댔다. 그 벽 너머에서 등을 기댄 시마무라가 느껴졌다.

"내일도 많이 이야기하자."

[분명 그렇게 될 거야.]

미래도 시마무라도 그 약속도, 모두 둥글고 따뜻했다.

지금까지 살던 집이자, 앞으로는 살지 않게 될 장소에서의 마지막 식사는 혼자가 아니었다.

　아침 일찍부터 엄마가 아침 식사를 준비했고, 지금은 맞은편에 앉아 있다. 엄마는 "좋은 아침." 하고 인사를 한 이후로는 아무 말도 없었고, 둘 다 아무런 화제도 꺼내지 않은 채 그냥 앉아만 있을 뿐이었다. 엄마도 역시 난처한 모습이다. 그래도 손을 내밀듯이 움직이더니.

　"어서 먹으렴."

　턱을 괸 채, 엄마가 재촉했다. "응." 하고 나는 토스트를 집어 들었다.

　내가 빵의 가장자리를 베어 문 모습을 본 다음 엄마도 똑같이 준비한 식사를 손에 들었다. 샐러드를 젓가락으로 집고는 묵묵히 입에 넣었다. 이게 맛있고 저게 맛있다고 말을 하려는 듯한 기색은 전혀 없었고, 주변에 누군가 있어 우리를 본다면 나 역시 엄마랑 똑같이 담담하게 입을 움직이고 있을 뿐이겠지.

　평소보다 식사 속도가 느렸다.

　마주 앉으면 음식이 목을 잘 넘어가지 않는다. 서로 마찬가지로.

　처음에는 잘 연결되어 있던 부품이 시간이 지남에 따라 변질되어 잘 맞물리지 않게 된다. 서로 새로운 부품을 만들기가 귀찮아서 그대로 방치해 버렸다. 그걸 원래대로 되돌릴 시간이 더는 남아 있지 않다. 이 아침을 다 먹으면 나는 집을 나가는 것이다.

불안함과는 다르지만, 자기 몸의 일부를 잃은 것처럼 허전함이 느껴졌다.

아침 해만이 넘칠 듯이 밝았다. 눈부시다고 변명하듯이 시선을 돌렸다.

엄마도 지금은 나를 보고 있지 않다는 사실을 눈으로 보지 않아도 느낄 수 있었다.

엄마는 담담하게 식사를 마치고 먼저 자리에서 일어섰다. 곧장 설거지를 시작하며 나에게서 등을 돌렸다. 한마디도 안 했는데 같이 식사한 의미가 있을까. 아니, 우연히 같이 먹게 됐을 뿐… 아니, 그럴 리는 없으니, 엄마는 대체 무슨 생각으로 자리에 앉았던 걸까.

도무지 마음을 헤아릴 수 없었다. 거의 말도 하지 않던 사이니 당연하다. …그래, 그러니까 그런 이야기를 하면 되는 거였다. 모른다면, 알면 해결된다.

지금 그걸 물어본다면, 하는 생각에 고개를 들었다. 엄마의 등이 보였다. 멀지 않은 그 등은 손을 내밀면 닿을 듯했지만, 그래도 닿으면 오래된 벽처럼 표면이 우수수 무너질 것 같아서….

손가락으로 목을 누르고 있는 것처럼 몸과 의식이 앞으로 나아가길 거부했다.

마지막이니까 계기라도 있다면 좋겠다는 생각에 주변에서 그 마지막 계기를 찾았다. 아무것도 발견하지 못한 채 빵이 사라져 갔다. 삼키고 나니 아아, 하는 생각이 들었다.

단지 한 가지, 두 가지가 마지막이 아니라, 눈에 보이는 이 모든 것들이 마지막이란 사실을 깨달았다.

그 마지막을 지금까지 당연하게 받아들이고 있던 자신이니까, 아무것도 느끼지 못한다 해도 당연한 일이다.

"…잘 먹었습니다."

입을 통해 나온 말은 이야기가 아니라 인사. 한마디로 끝날 뿐인 단문.

"응."

엄마의 대답도 매우 짧게 끝나, 우리 사이의 실은 이렇게 끊어졌다.

멈춰 있을 이유와 계기가 완전히 사라졌다.

이를 닦고, 세수하고, 화장하고. 평소대로 하나씩 끝내고 현관으로 이동했다.

이제는 정말 멈출 곳이 없었다.

"…다녀……"

돌아보고 말을 하다 말고.

인사가 공중을 스치며 입 주변의 공기를 모두 휩쓸고 지나갔다.

누가 있든 없든, 외출할 때면 빼먹지 않았던 인사.

나는 계속 집에 인사를 하고 있었던 것이다.

하지만.

다녀오겠다는 말은 돌아올 장소에게 하는 인사다. 그 대신…
대신, 대신할 인사….

잘 있어, 이외에는 아무런 말도 떠오르지 않았다.

아무 말 없이 현관으로 가서 한 켤레만 남은 신발에 발을 넣었
다. 언제 샀던 신발이었는지 떠올리려고 눈의 초점을 흐리며 신
발을 신었다. 나의 발. 이제부터 자신을 행복으로 이끌어 줄 소
중한 발.

시마무라에게 장난으로 발 마사지를 해 달라고 한 적이 있는
데, 그때는 머릿속이 새하얘져서 그 순간의 광경은 재생하려고
해도 재생해 낼 수가 없다. 자신이 잔뜩 긴장했던 그때의 모습을
생각하며 웃으니 조금 마음이 편해져 몸도 가벼워졌다. 가 보자
는 생각이 들었다.

가자. 시마무라를 만나러.

걷자. 시마무라와 함께.

"사쿠라."

이름을 이렇게 직접적으로 듣는 게 얼마 만일까. 중지가 저릿
한 감각을 느끼며 뒤를 돌아보았다.

한 손을 허리에 대고 있는 엄마가 나를 보고 있었다. 아직 화

장을 안 한 채 고개를 숙이고 조금 어두운 모습의 엄마는 내 기억 속의 모습보다 나이가 들어 있다. 엄마를 올려다보던 그 시절 그대로 멈춰 있던 시간이 갑자기 현실을 따라잡은 것처럼. 엄마가 이마를 긁었다.

"사쿠라…."

엄마가 눈을 가늘게 뜨며 말에 뜸을 들였다. 나는 "응." 하고 작게 대답하면서 가만히 기다리는 수밖에 없었다. 옛날에는 그 '응'이라는 실없는 대답조차 하지 않았으니, 조금은 성장했다고 할 수 있을까? 목에 있을 리 없는 아침 이슬이라도 흐르듯이, 차가운 무언가가 뒤섞였다.

그리고 표정을 다시 짓듯이 엄마가 한 번 눈을 감고 크게 숨을 내쉬었는데.

그 이후의 엄마는 평소 그대로의 표정으로 담담히 나를 보내주었다.

"잘 가렴."

분명 한참을 망설인 끝에 그 말을 선택했겠지.

시마무라네 집이라면 '잘 다녀오렴'이었을 인사를 이렇게.

"응."

신발을 똑바로 신었다. 뒤꿈치를 의식해 바닥을 밟는 발에 힘을 주면서.

돌아보지 않고 발을 차고 앞으로 나아가듯이 집을 나섰다.

발소리보다도 먼저 몸이 앞으로 나아갔다. 저벅저벅저벅 하는 소리가 따라와서는 머리카락의 끝을 쓰다듬었다. 살결이 아직 봄의 온도를 느끼지 못하는 지금. 많은 것들을 그대로 놔두고 떠나고 있다.

주변에 반응하지 않고 한없이 걸어갈 수 있다.

아르바이트를 하러 가기 위해 아무런 생각도 하지 않으며 자전거의 페달을 밟았던 때처럼.

아무것도 없다, 나에게는.

이 집에도, 이 동네에도, 결국 그 어디에서도 찾을 수 없었던 감상을 통해 깨달았다.

자신에게는 후회라든가 아쉬움과 같은 그런 것들이, 전혀 없다는 사실을.

그걸 깨달으니 조금 눈물이 나올 것만 같았다.

싫지 않았다. 좋은지 어떤지는 마지막까지 알 수 없었다.

표현하자면 난 겨우 그런 정도의 사람일 뿐. 분명 엄마도 거의 비슷하겠지.

그런 사람에게 나는.

나는.

목소리와 마음이 그쯤에서 끊어지고 찢어져, 그다음을 줍는 데는 많은 시간이 필요했다.

그러는 사이에 점점 앞으로 나아가 거리가 멀어져 갔다. 멈춰 있을 이유가 없는 내 다리는 아무런 주저도 없었다. 평생 그렇게 걸었던 것만 같은 착각의 끝에 어딘가를 빠져나가듯이 나는 이 동네로 다시 돌아왔다.

숨결이 느껴졌다. 불이 들어왔다. 중력이 어깨를 눌렀고, 처음 맡는 냄새가 뒤섞였다.

그리고 봄이 뺨을 스쳤던 그때는 이미 흐르려고 했던 눈물도 어느덧 안으로 쏙 들어가 버렸다.

그만큼 많이 걷고 나서야 겨우 전하고 싶은 말이 정리되었다.

너무 늦었다고는 할 수 없었다. 때를 놓쳤다고도 할 수 없었다.

결국엔 그 정리된 말을 얼굴을 마주 보며 할 수 있을 리는 없으니까.

우리는 그렇게 아주 크나큰 실패를 했다.

그래도.

엄마.

난 행복해질 생각이야.

그걸 연락하지 않고, 얼굴을 마주치지 않고, 아무런 의지도 하지 않는 모습으로.

얼굴을 마주 보고 이야기를 하는 방법이 아닌 앞으로의 모습으로.

살아가는 모든 모습으로 전해 줄게.

'Be Your Self'

"아아, 왠지 실수했다는 생각이 들어."

"무슨 얘기야?"

"딸이 집을 나갔을 때의 감상."

"그래~?"

"전혀흥미가없어보이네미안해그런이야기를해서이제그만돌아
가줬으면하는데?"

"어머, 화내지 마."

"대체 넌 왜 온 거야?"

"우리 집 딸도 나갔으니까."

"…그럴듯한 이유 같지만, 말도 안 되는 이유잖아."

"친~구."

"네네."

"위로해 줄까?"

"…구체적으로는?"

"노래할게."

"그만둬."

"왜? 왜? 대체 왜~?"

"죽어."

"그래서, 뭘 실수했는데?"

"갑자기 이야기를 되돌리는 짓 좀 하지 마. 설명하기 어렵잖아."

"어려운 이야기는 귀에 잘 안 들어오는데, 괜찮아?"

"물어봐도 설명하기 힘들어. 나도 말로 표현하고 싶어도 잘 정리가 안 되니… 단지, 사쿠라는 이제 집에 돌아오지 않겠구나 싶었거든. 잘 다녀오라는 말을 하지 못했는데, 대신할 말을 찾는 사이에 아, 내가 딸을 대하는 방식에 문제가 있었구나 싶어서, 그게 내 실수였구나… 하고 생각했다고 해야 하나?"

"말로 표현 잘 하네?"

"그러네. 생각보다 단순했어."

"좀 진정됐어?"

"…그럭저럭."

"사실 난 치유계?"

"유치계."

"하하하. 그런 말은 몇 번이나 들었기 때문에 멋지게 잘 받아쳤다고 감탄해 줄 생각 없어."

"그런 캐릭터면서 몇 번이나 스스로를 치유계라고 말하다니… 그래서, 넌?"

"나? 음~ 뭐라고 할까. 이미 눈치챘었으니 놀랄 일도 없었어. 딸이 하나 더 있기도 하고."

"그래?"

"아, 그런데 호게츠가 더 어렸던 시절이 떠올라서 나도 나이가 들었다는 생각에 멍해지긴 하더라."

"그러네. 시간만큼은 평등하게 있었을 텐데. …있었지."

"후회해? 아다치의 일로."

"후회는 별로… 다만, 몸의 뼈 하나가 어딘가로 가 버린 기분이라, 조금 진정이 안 돼."

"그걸 조금이라고 하다니, 대단하지 않아?"

"그럴지도."

"난 실수했다고 생각 안 해. 아다치, 착한 아이잖아."

"착해? 내가 실수라고 말한 이유는 아마도 그걸 판단하지 못했기 때문일 거야."

"딸이 집을 떠날 만큼 잘 자랐잖아. 그거면 충분하지 않을까?"

"………………"

"그리고 집에 돌아오지 않는다면 우리가 만나러 가면 그만이 잖아."

"너 정말."

"내가 정말 왜?"

"돌아오지 않을 거라는 말이 무슨 뜻인지 모르겠어?"

"돌아오기 어렵다면 딸을 배려해 만나러 가겠어! 그런 생각이 드는데?"

"…이제 됐어."

"그런 식으로 중단하지 마."

"가끔 네가 부러워서 최악의 기분이 들기도 해."

"무슨 말을 그렇게 해."

"어차피 나랑 사쿠라는 절대 그런 사이가 못 돼. …그런 거리 감이야말로 가장 적절할지도 몰라."

"그럼 포기해야지 뭐, 하하하하."

"너무 솔직해서 열 받아."

"하하하."

"지금 하나라도 웃을 만한 대목이 있었어?"

"오늘 횟술 마실래?"

"안 마셔."

"똑똑하긴."

"적어도 너하고 같이 마실 생각은 없어."

"전혀 못 마셔요~"

"그 말을 고스란히 믿었으면 좋았을걸."

"그러게~"

"생각하면 지금도 화가 나. 이 머라이언이."

'The Sakura's Ark'

밸런타인인가. 수업 중에 턱을 괴면서 멍하니 생각했다. 작년에도 이런 태도로 맞이했던 기억이 나는 것 같기도 나지 않는 것 같기도. 오른쪽 대각선에 있는 아다치의 자리를 슬쩍 봤는데 딱 눈이 마주쳤다. 수업이 진행되는 소리가 막힘없이 들리는 가운데 아다치와 서로 얼굴을 마주 보았다.

아다치는 약간 안절부절못하는 눈빛이었고 그건 평소랑 마찬가지였지만 좀처럼 시선을 돌리지는 않았다. 수업이 계속되고 있는데 참 대담하게 뒤를 돌아보고 있다. 그러지 말고 앞을 보라고 전달하고 싶었지만, 몸짓이며 손짓으로는 의외로 전달하기가 어려웠다. 바깥을 향해 손을 뻗어 흔들면 저리로 가라고 해석해도 이상하지 않은 사람이 아다치다. 내가 시선을 돌리면 자신에게 무슨 문제가 있는 줄 알고 끙끙 앓는 사람이 아다치다.

섬세하다. 그러니까 가끔은 함부로 건드리지 않고 조금 거리를 두고 바라보고 싶어진다.

그런 생각을 하면서 아다치랑 멍하니 서로 마주 보았습니다.

"끝."

끝나서는 안 되었지만, 수업이 끝나고 방과 후. 해가 조금 길어졌구나 생각하며 턱을 괸 채 창밖을 바라보았다. 밤은 12월이 제일 긴 것 같다. 산타에겐 길어야 더 좋을까?

아직 저녁놀의 침식도 심하지 않은 부드러운 노란 빛을 멍하니 바라보고 있으니… 바라보고 있으니 졸렸다. 나는 컴컴한 한

밤도 좋지만, 부드러운 빛에 휩싸여 잠드는 편이 더 마음이 진정
되는지도 모른다.

예전에는 곧장 동아리 활동에 참가해 땀을 흘렸었지. 그런 중
학생 시절 시마무라의 건강한 생활을 흐릿한 눈으로 떠올리고
있는데, 인기척이 나기에 그곳을 돌아보았다. 볼 것도 없이 아다
치였지만. 내가 아다치 자리로 가든가, 아다치가 나한테 오든가.
둘 중 하나밖에 없다.

가방을 안고 있던 아다치가 살짝 고개를 숙여 나를 들여다보
았다.

"날 쳐다봐서, 무슨 일인가 해서."

"응? 음… 아니, 그건 아다치가 날 봤던 거야."

의미도 없이 반발하며 그렇게 단정했다. 아다치는 가방으로
입을 가리면서 소곤소곤 말했다.

"시마무라도 봤었어."

"안 봤어, 정말로."

"누, 눈이 마주쳤는데."

"아… 그러네…. 안 되겠어. 할 말이 안 떠올라."

기껏해야 눈을 뜬 채 잤었다, 처럼 시시한 말이 떠오를 뿐이었
다.

그게 무슨 말이야, 라고 하는 듯한 난처한 아다치의 모습이 보
였다. 나도 잘 모르겠어. 그렇게 말하듯 나는 가볍게 고개를 저

었다.

"하하하. 너무 신경 쓰지 마."

웃으며 얼버무리자 아다치가 가만히 가방 너머에서 나를 응시했다.

"화났어?"

전혀. 아다치가 고개를 저었다. 그러더니 하지만, 하고 말을 이었다.

"그런 점은 시마무라네 엄마랑 비슷해 보여."

"뭐라?!"

순순히 받아들이기 힘든 지적이었다. 우우, 하면서 입술이 절로 삐죽 나왔다.

"그런가?"

"…화났어?"

"아니, 전혀… 맞아, 당연히 부모님을 닮을 수밖에 없는 건가."

아다치도 아다치네 엄마를 닮았다. 옆얼굴은 분위기가 똑같다.

하지만 그런 말을 해도 아다치는 특별히 기뻐하지 않겠지.

이야기를 되돌리기로 했다.

"그럼 둘 다 봤다고 치자."

"응."

서로 그러자고 받아들였다. 자, 그럼.

"어디 들렀다 갈까?"

항상 그랬었으니, 내가 먼저 물어보았다. 아다치는 가방을 내리고 긴장이 풀린 입매로 무슨 말을 하려고 했지만, 퍼뜩 뭔가가 생각난 듯이 그대로 굳어 버렸다.

"오늘은, 아르바이트가 있어서."

"그랬구나. 좋아, 그럼 돌아가자."

곧장 자리에서 일어섰다. 일어나자 코앞에서 느껴지는 공기가 조금 바뀌었다. 앉아 있을 때가 온도가 더 높다고 할지, 공기가 더 한곳에 머물러 있다고 해야 할지. 높은 곳의 바람이 더 의욕적으로 움직이고 있는지도 모른다.

교실 출입구를 향해 걸어가는데 등에서 저항감이 느껴졌다.

돌아보니 삐진 어린애처럼 아다치가 고개를 숙이고 있었다.

"아다치?"

"조금 아쉬워하지 않을까 했는데."

"무진장 아쉬워."

"정말."

"아얏."

아다치가 남의 등을 옷 너머에서 꼬집었다. 억지로 꼬집고는… 억지로, 잡아당겼다. 아프다.

"아쉬운 곳을 굳이 따지자면 여기일지도."

나란히 복도를 걸으면서 똑똑 자신의 머리를 두드렸다.

"어? 그게 무슨 소리야?"

"아다치가 아르바이트 가는 날이 무슨 요일인지 정도는 이제 기억해야 할 텐데."

내 생활의 일부가 아니라 그런지 좀처럼 외워지지 않았다.

아다치는 자신에 관해 거의 대부분을 드러내고 있지만, 아직도 내가 모르는 점들이 정말 많다. 신기한 일이라는 생각이 들었다.

"그러고 보니 아다치는 특별한 목적 없이 아르바이트를 하고 있었지?"

"응."

"훌륭한걸?"

"왠지 건성…."

어이없다는 듯이 아다치가 작게 웃었다.

"특별한 목적도 없는데 계속 일할 수 있다니… 어~ 인내력이 있어."

훌륭해. 그렇게 말하며 머리를 쓰다듬어 주니 아다치는 별로 싫지 않다는 듯 뺨을 누그러뜨리려고 했다. 하지만 곧장 고개를 절레절레 흔들고는 부정했다.

"어, 어린애 취급은… 별로야."

"아냐. 어린애는 일 안 하잖아."

나라든가.

"그러니까 아다치는 계속 어른이었던 셈이고, 난 그런 점을 칭찬해 줬을 뿐이야."

아다치는 높은 곳에서 부는 바람이 아닐까. 휭휭 하고 이리저리 움직인다. 그 바람의 움직임이 가끔 상쾌하게 느껴졌다.

뒤섞일 정도의 힘을, 같은 나이인데도 어디서 잃어버린 걸까.

그렇게 교문 앞까지 와서 헤어질 시간. …그런데 어느새 내 손을 잡고 있는 손이 떨어질 생각을 하지 않았다.

성큼성큼, 옆걸음으로 크게 다리를 움직였다. 그 자리에 서 있는 아다치와의 사이에 말끔한 다리가 놓였다.

"아다치."

이거 말이야, 이거. 시선으로 다리 중심을 보라고 호소했다. 아다치는 연결된 손끝을 바라보더니, 무슨 생각을 했는지 성큼성큼 거리를 좁혀 왔다. 아니, 그게 아니라. 그런 생각을 하는데 아다치가 의아하다는 듯이 고개를 갸웃했다.

"어? 그런 뜻 아니었어?"

"대체 무슨 뜻이라고 생각했기에, 아다치…."

무슨 착각을 한 건지 아다치가 저녁놀보다도 빠르게 뺨을 붉게 물들였다. 그 뺨에 머리카락이 닿은 모습에, 색상의 조합이 아주 예쁘다며 엉뚱한 데서 감동을 느끼고 말았다.

다른 학생들도 오가는 길에서 뭘 하는 건가 생각하면서도.

"아다치는."

"응? 왜?"

"동물 이외의 존재에 빗대자면 낫토 같아."

"…뭐?"

이런저런 면으로 끈적끈적한 아다치와 헤어진 나는 혼자서 집으로 가는 길을 걸었다. 그런데 농담을 빼고 이야기해도 수업이 끝나자마자 아르바이트라니, 아다치는 겉보기 이상으로 듬직하다. 섬세하고, 약한 듯하지만, 유연하다. 부드러우니까 꺾이고 굽어도 결코 무너지지 않는다.

아다치의 그런 강한 면은 꽤 존경하고 있었다.

"본인은 자주 뻣뻣해지고는 하는데 말이야."

하하. 그렇게 되는 원인을 제공하는 그 사람이 웃었다. 새삼스럽지만 나한테 그토록 긴장할 만한 요소가 있나? 중학교 시절의 미친 개 시마코짱이라면 몰라도, 지금의 나는 이런 말 하긴 뭐하지만 대충대충 지내고 있는데, 반대로 태도가 그렇게 대충대충이라 흠칫거리게 되는 건지도 모른다.

아다치에게는 비교적 내 의사를 정확히 전달하고 있다고 생각하는데….

아다치의 의견과 마음은 매우 알기 쉬웠다. 예전에는 움직임 때문에 알기 힘든 점도 있었지만, 지금은 한 걸음 떨어져 그 전체적인 모습을 보려고 노력하면 대체로 그 뜻을 알 수 있다. 그건 17세, 그리고 이제부터 18세가 되어 가는 우리에게는 보기 드문 재능인지도 모른다.

똑바로 걷고 있어도 어느새 굴절된다. 아다치는 그 안에서 똑바로 나에게 섞여 들어온다.

만약 내가 날카로웠던 시절에 아다치와 만났다면 우리의 관계는 어떻게 됐을까.

의미도 없이 가끔 그런 생각을 한다.

우리의 만남에서 체육관도, 여름도, 매미도, 모두 제거되어서.

아무 일도 벌어지지 않았겠지. 텅 빈 세계를 바라보면서 그렇게 생각했다.

"아니? 시마무라 씨가 아니십니까."

평소의 그 태평한 소리가 머리 위에서 들려와 순간적으로 깜짝 놀랐다. 그리고 위를 올려다보기도 전에 반짝거리는 그 존재가 떨어져 내려왔다. 하아. 한숨을 내쉬며 머리 위의 그것을 붙잡았다. 그리고 옆에다 내려놨다. 어느새 머리 위로 올라오는 지인이라면 한 명밖에 없으니 확인할 필요도 없다. 지구 전체를 구석구석 찾는다 해도 그런 사람은 이 녀석밖에 없지 않을까 하는 생각마저 들었다.

야시로였다. 오늘은 물고기를 본뜬 잠옷… 아니, 인형 옷? 딱 봐선 무슨 물고기인지 판단하기 힘들었다. 평소의 일상생활에서 보게 되는 물고기는 대부분 토막 형태니까. 새나 돼지도 그렇지만. 문득 그런 생각을 했더니, 정말 무시무시한 세계라는 생각이 들었다.

"안녕하십니까."

"네네, 안녕. 남의 머리에 훌쩍 올라오고 그러지 마."

"어째서인가요?"

물고기는 지느러미를 팔딱팔딱 움직이면서 아무런 문제도 없이 육지를 걸었다.

어째서냐니… 어째서일까?

"미니 씨는 기뻐했습니다만."

"여동생은 반짝거리는 걸 좋아하니까."

여동생은 가끔 야시로를 요정 같다고 말했다. 요정이라. 물론 나비의 인분(鱗粉) 같은 거라고 해야 하나? 아무튼 반짝거리는 가루를 흩뿌리는 모습은 정말 요정 같긴 하다. 외계인과 요정 중에 골라야 한다면 뭐가 더 현실적이라 할 수 있을까?

"덧붙이자면 이건 가다랑어입니다."

"그러니?"

"지구인이 입고 걷고 있어 참고했습니다."

"그거 정말 지구인 맞아?"

바다에서 침략하러 온 반어인(半魚人)의 첨병이 아닐까? …아니지, 반어인도 지구의 생물인가?

그런가?

"오늘은 시마무라 씨네 가족에게 볼일이 있어 왔습니다."

"볼일? 웬일이야?"

매일 이유도 없이 당연하다는 듯이 우리 집에 찾아오는데.

"놀라지 마십시오. 초콜릿을 드리러 왔습니다."

"호오?"

볼일 그 자체도 의외였다.

"이른바 발렌탄데이군요."

"…뭘 가리키는지는 대충 전해졌어."

날짜는 많이 다르지만. 야시로에게는 날짜도 요일도 큰 의미가 없는 거겠지.

자칭 몇 백 살이니 시간 감각이 이상한 걸 거야, 아마도.

그러고 보니 아다치랑 발렌탄데이에 관한 이야기를 안 했네.

혹시 나만 의식하고 있다든가? 그런 생각을 했더니 조금 부끄러워졌다.

그대로 타박타박 함께 집으로 돌아갔다. 물고기가 옆에 있어서 그런지 평소의 길보다 한기가 느껴졌다.

그냥 평소보다 기온이 낮을 뿐인지도 모른다.

현관의 신발을 확인해 보니 원래 있어야 할 숫자보다 적었다.

"여동생은 아직 안 돌아왔나 보네."

"아니?"

"요즘 초등학생은 바쁘네요."

"그렇군요~"

한가한 초등학생처럼 보이는 아이가 태평하게 샌들을 벗었다. 함부로 벗어던지고 갔기 때문에 어쩔 수 없이 내가 가지런히 놓아 주었다.

그리고 먼저 안으로 들어간 야시로가 의기양양하게 등지느러미로 헤엄치면서 나를 돌아보았다.

"시마무라 씨와 미니 씨와 어머니, 아버지 몫도 있습니다."

야시로가 인형 옷 안에서 계속해서 초콜릿을 꺼냈다. 도저히 아가미 안에 다 들어갈 수 없을 법한 네 개의 탄탄한 상자가 작은 손 위에 쌓여 갔다.

"오오… 사 왔어?"

출처가 조금 궁금해서 확인해 보았다. "하하하." 물고기가 웃어넘겼다.

"어제 TV를 봤으니까요. 참고했습니다."

"봤는데 그래서요?"

"하하하하하."

"아니, 웃지 말고."

"조물조물했습니다."

양손의 손가락으로 조물조물 움직이더니 꽉 뭉치는 동작을 했다.

"조물조물?"

조물조물이라고는 해도 수제 초콜릿과는 조금 뉘앙스가 달라보였다. 뭐냐, 아무것도 없는 곳에서 조물거리며 아예 새로 만들었다는 느낌에 가깝다고 해야 하나? 자세히 보니 초콜릿 상자는 포장 리본의 오른쪽 끝이 전부 작게 접혀 있었다. 마치 하나를 모두 똑같이 흉내 낸 것처럼.

"음….".

카카오가 안 들어가 있을 듯한 초콜릿이야. 그래도, 상관없나.

가방에서 아이스크림을 꺼내는 외계인 같은 거겠지, 아마도.

그거면 충분하다고 생각했다.

"일단, 여동생은 기뻐할 거야."

"시마무라 씨는 기쁘지 않으신가요?"

야시로는 순수한 눈동자를 동그랗게 뜨며 고개를 갸웃했다.

"음… 아니, 응. 기쁘긴 기쁜가."

나는 왜 사소한 일에서마저 도망치기만 했을까 문득 의문이 들어서.

그래서 문득 도망치지 않아 보았다.

누군가가 주는 선물을 순순히 기뻐했다.

목소리로, 태도로, 어물거리지 말고 나타내면 그만인데 왜 부끄러워하는 건지.

정말 부끄러워해야 할 것은, 그런 간단한 일도 하지 못하게 된 자신인지도 모른다.

"정말 기뻐. 고마워."

착하다며 머리를 쓰다듬어 주었다. 물고기 머리를 쓰다듬은 셈이 됐지만.

빛나는 물고기는 매우 만족스럽게 웃으며 꼬리를 파닥파닥 흔들었다.

좋은 분위기라서 어떻게 움직이는지는 굳이 묻지 않고 넘어가기로 했다.

"이렇게 됐으니 초코 부탁합니다."

야시로가 빈손을 앞으로 쑥 내밀었다.

"작년보다는 밸런타인이 뭔지 좀 이해했구나?"

누가 가르쳐 준 걸까? 여동생인가?

"지금은 없으니, 음… 여동생이 돌아오면 같이 사러 갈까?"

"와아~!!"

물고기가 기뻐했다. 팔딱팔딱팔딱하고. 아니, 아무것도 아니다. 그런데 이 물고기랑 물건을 사러 가야 하는 건가?

"으음… 뭐 어때."

어차피 벗어도 눈에 띄는데.

"얘가." 엄마가 갑자기 복도로 나왔다. 그러곤 곧장 후다닥 달려왔다.

"내가 갑자기 튀어나와 놀라게 해 주려고 기다렸는데, 빨리 안 와서 다 헛수고가 됐잖아."

"여동생도 그런 짓은 안 할 것 같은데."

"초등학생보다 젊게 산다니 대박 아니니?"

하하하. 그렇게 웃어넘겨서 곧장 포기했다. 우리 엄마는 빨리 포기해야 좋다는 걸 아빠의 태도를 보고 배웠다. 단지 성가신 점이 있다면, 노골적으로 못 본 척하며 무시하면 집요하게 물고 늘어진다는 것이다. 중학교 시절에는 그게 너무 싫었다. 그래서 싸우기도 했다.

그때의 자신을 돌아보면 놀라울 정도로 입이 험했다. 그걸 생각하니 좀 오래된 상처가 도지듯이 마음이 아팠다.

지금 엄마한테 강하게 맞서지 못하는 이유도 그때부터 이어지는 작은 죄책감이 여전히 남아 있기 때문인지도 모른다.

"와~ 와~ 어머니."

"왜 그러니, 물고기."

"이건 어머니에게 드릴 초코입니다."

"오? 뭐야, 웬일일까?"

"발렌타인데이니까요."

"가끔은 세심하게 신경도 써 주는구나?"

엄마도 야시로의 머리를 쓰다듬었다. 마침 딱 쓰다듬기 좋은 위치에 머리가 존재했다.

"그럼 보답으로 값싼 사각형 초코를 사 줄게."

"와아~"

정말 그래도 되는 거냐.

"…흠."

본인이 기뻐하니 좋은 게 좋은 거라 생각했다. 결국 받아들인다면 그것으로 충분하다.

야시로는 그 이후로 집에서 저녁을 먹고 목욕을 하고 여동생이랑 같이 잤는데, 평소랑 다를 바가 없었다.

인간은 어떤 일이든 적응하게 된다.

당연한 일을 점점 늘려 가며 살아간다.

잊어버려도 익숙해지는 일을 반복하고, 조금씩 상처가 벌어져도 아픔을 견디는 폭을 늘려 가면서.

가족과 덤은 잠자리에 들었고 밤도 깊어 공부하는 손은 무거워졌다.

일단 샤프펜슬을 내려놓고 기지개를 켰다. 그래도 졸음이 눈꺼풀에서 도망가지 않아서, 어쩌면 좋을까 탁상 난로인 코타츠 위에 엎드려 생각해 보았다. 이미 졸음에 지고 있다고도 할 수 있었다.

오늘은 그만 잘까 하고 반쯤 전원이 꺼진 머리로 생각하는데, 전화가 울려 머릿속으로 빛이 비쳐 들었다. 엎드린 채 손을 뻗어 소리에 의지해 전화를 찾았다.

"아다치인가?"

한밤중에는 거의 전화를 걸어오지 않는데. 전화를 손에 쥐고는, 아다지는 아닐 거라는 생각이 들었다. 아다치라면 곧장 전화를 걸지 않고 일단 물어본다. 직접 전화로 연락을 하려고 하는 사람은.

"타루쨩."

타루미였다. 웬일일까. 웬일이냐고 하는 것도 이상한가. 하지만 요즘엔 전화를 걸지 않았다.

중학교에 입학한 뒤로 반이 달라져 어영부영 어울리지 않게 됐을 때가 문득 떠올랐다.

딱 1년 정도 전에 우연히 만나, 그 이후 셀 수 있을 정도로 만났을 뿐이다. 또 자연히 소원해졌으니, 어쩌면 나와 타루미의 관계는 유지하기 어려운 건지도 모른다. 그런 생각을 하면서 전화를 받았다.

손바닥의 감촉은 실 전화기처럼 미덥지 못했다.

"네에, 여보세요."

아다치와는 달리 타루미에게는 어떻게 한 걸음을 내디딜까 조금 고민한다.

혼자서 몰래 이상하다고 생각했다.

알고 어울린 지는 타루미가 훨씬 오래됐는데.

[여어.]

"어~ 안뇽~"

[미안. 잤어?]

"공부 중이었어."

[앗, 허세 부렸지?]

부린 적 없는데요? 그러면서 활짝 펼쳐 놓은 노트를 슬쩍 바라보았다. 보여 줄 수 있다면 펼친 노트를 들어서 보여 주고 싶었다. 노트 가장자리의 공백을 바라보면서 타루미의 목소리를 기다렸다.

[시마짱?]

"응? 뭔데뭔데?"

[아니, 아무 말도 안 해서….]

"용건이 뭔지 말씀을 들으려고 가만히 기다리는 중이옵니다."

몸을 덮은 겉옷을 추스르면서 동그랗게 말았던 등을 폈다.

[그, 그러셨습니까. 이것 참 무례한 짓을.]

"아니, 또 뭘. 호호호."

무심코 야시로처럼 웃고 말았다. 이크, 이러면 안 되지, 하고 소리 없이 반성했다.

잠시 사이를 두고 타루미가 일단 도움닫기라도 하듯이 숨을 들이쉬었다.

[아니, 용건은… 응, 용건은 있어. 응. 같이 놀자.]

"지금?"

시계를 볼 것도 없이 날짜가 바뀐 그 시간에 바로 놀자니, 그건 누가 봐도 불량 학생이잖아.

맞다. 타루미는 아직 현역 불량 학생이었던가? 엄마를 통해 전해 들은 바로는, 타루미는 집안일을 돕는 것도 싫어하지 않는 효녀라고 한다. 불량한 요소가 있긴 한가?

[앗, 시마짱만 좋다면 그것도 좋지만~]

"안 좋아. 졸려졸려."

[응, 그렇겠지. …그러니까 자고 난 다음이라도 좋으니 어디 놀러 가지 않을래?]

그런 이야기일 줄 알았다. 그런 이야기 외에 뭐가 있을 리 없으니.

음~ 조금 망설여졌다.

얼마 전이었다면 그럼 그러자고 대답했겠지만, 지금은 아다치가 마음에 걸렸다. 아다치는 싫어하겠지? 엄청나게 싫어할 거야. 그런 아이니까. 아다치는 감정의 덩어리로 정말로 쉽게 흔들리고, 휩쓸리고, 불꽃처럼 불확실하고, 그리고 쉽게 불이 확산된다.

아다치에게 받은 물건을 보고 이래저래 감정적인 면을 채우려 했지만 근처에는 없었다. 대신에 어느 사이엔가 옆에 놓여 있는 바다표범 봉제인형의 배를 쓰다듬으면서 그 감촉에 마음을 누그러뜨리고 고개를 들었다.

"놀러 간다고 해도 허락이라고 할지 뭐라고 할지."

[허락?]

자세하게 설명할까 말까 코 옆에 손가락을 대며 고민했다. 그걸 타루미한테 이야기해서 어쩌자는 걸까? 그런 마음도 있었지만, 앞으로를 생각해 말끔하게 설명해 줘야 한다는 마음이 말하기 귀찮다는 마음과 함께 서로를 견제했다. 일단 말하기 귀찮다는 마음은 무조건 내쫓아 버려야 한다. 뭔가를 시작할 때 나는 항상 일을 거기서부터 시작한다. 천생 게으름뱅이인 거겠지.

"으~음."

[시마짱?]

타루미는 좋은 녀석이다. 그것만큼은 잘 안다.

좋아, 말하자.

"실은 남친이 아니라, 여친이 생겼거든."

[…뭐?]

타루미의 멍한 반응에 지금이 공세적으로 나가야 할 때라고 판단했다.

"그러니까 마음대로 놀면 여친한테 미안해서. 하하하."

그래서 곧장 말을 이어 갔다. 일단 멈추고 다시 말을 하려고 했다간 나도 말문이 막힐 것만 같았다.

"…하하하~"

특유의 서먹서먹함을 이기지 못하고 의미 없이 웃었다. 그 이후에도 타루미가 침묵하는 동안 "에헤헤, 하하하." 하고 반복해서 웃었다. 공백이 생기면 일단 웃어 버리는 야시로를 흉내 내는 것 같았다. 그 수수께끼의 생물에게 적잖은 영향을 받은 자신의 모습을 현실에서 도피하듯이 바라보고 말았다.

이윽고 타루미의 목소리가 나선을 그렸다.

[정마알?]

"응, 정마알."

나도 1년 전이라면 믿을 수 없는 일이었겠지만, 일이 그렇게 되어 버렸다.

[여, 여친?]

"응응."

그러고 보니 전에 남친이 있냐는 질문을 받은 적이 있었던가? 그때는 없다고 말했고, 지금도 없다고 말할 수 있다. 하지만 분명히 여친은 있었다.

인생이란 참 신기하다. 어쩌면 아다치와 만났을 때 이미 모든 일이 결정되어 버린 걸까?

아다치는 언제부터 날 좋아하게 됐을까. 새삼스럽지만 이런 때에 고개를 갸웃하며 생각했다.

[그.]

"…그?"

타루미가 좀처럼 그다음 말을 잇지 못했다. '그'에서 멈춘 채 서술어가 오지 않았다.

텅 빈 컵의 바닥을 들여다보면서 남은 향기와 함께 멍하니 이런 생각 저런 생각을 떠올렸다.

이윽고.

[그, 그렇구나.]

그다음은 무난한 반응이었다. 하지만 그 대답에는 숨길 수 없는 동요가 가득 담겨 있었다. 당연히 놀랄 수밖에 없나. 거부감도 있을지 모른다. 정말 말하길 잘 한 걸까? 조금 그런 생각이 들었다.

하지만 타루미는 친구니까. 친구한테서 시선을 돌리는 짓은, 가능하면 이제 하고 싶지 않다.

[시마짱한테, 여친. 와아, 그, 그래~?]

"아, 굳이 아무렇지 않은 척 안 해도 괜찮아."

솔직히 나도 아무렇지 않지 않을지도 모른다. 그러니까 기왕에 우리 둘 다 당황스러워하자.

어버버하며 의욕 없이 좌우로 몸을 흔들고 있는데, 타루미가 상기된 목소리로 말했다.

[아, 앞서가는걸?]

"그야, 여고생이니까… 그러니까."

[그렇구나, 여친… 그렇구나.]

타루미의 목소리는 닫혀 있는 부리처럼 마지막이 무뎌서 잘 들리지 않았다.

어떻게 반응하면 좋을지 몰라 기다리는 시간이 늘어났다.

잠깐씩 수수께끼의 바다표범을 쓰다듬으면서, 턱 막힐 듯한 숨을 천천히 내쉬었다.

[그건 그렇다고 치고.]

"그렇다고 치고?"

[한 번 만나고 싶어. 만날 수 없을까?]

목소리는 퍼 올린 차가운 물처럼 나에게 스며들었다.

손끝에 날카로운 통증을 주면서.

"좋아."

새삼스럽게 타루미의 제안을 받아들였다.

한 번 만나 이야기를 해서… 어떻게 되는 걸까. 하면 뭔가가 있는 걸까?

잘 모르겠다. 잘 모르겠으니 만나 보자고 생각했다.

"그럼 내일 만날까?"

[내일?!]

"어? 안 돼?"

학교 끝나고 집에 가는 길이면 딱 좋다고 생각했는데. 하지만 쉬는 날 서로의 집에 가는 게 더 가까울까?

[그건 상관없지만, 이럴 때 시마짱이, 네가 정하는 건 드문 경우 같아서.]

"그런가…? 아니, 그럴지도?"

[그것도 아주 담담하게.]

"빠르면 빠를수록 좋지 않을까 해서."

시간이 지나면 지날수록 생각이 더 늘어날 것 같으니까.

[그렇지만… 시마짱답기도 해.]

타루미의 목소리에 살짝 기쁜 감정이 뒤섞여 있는 듯했는데, 그건 나만의 착각일까?

[그럼 내일… 학교 끝나고 역 앞에서 괜찮아?]

"응, 괜찮아."

[응… 응.]

목소리는 물에 녹듯이 애매해지더니 연결과 함께 사라져 갔다.

전화는 타루미가 먼저 끊었다.

"음….."

졸음이 확 달아난 것까지는 좋은데, 그 대신 나른함이 몸에 깃들었다.

매듭이 지어졌다고 하기엔 너무 호들갑스럽고, 뭔가 다른 기분도 들고, 너무 부담스럽게 생각하는 경향도 있지만.

그래도 그것과 비슷할 만큼 단단한 무언가가 배 속 아래에서 데굴데굴 굴러다니는 듯한 기분이 들었다. 꼭 악어라도 된 듯했다. 그런데 야시로가 악어 차림을 한 모습을 본 적이 있었나 하고, 정말 아무런 의미도 없는 생각을 떠올리고 있는데, 다른 사람한테서도 연락이 와 있다는 사실을 깨달았다.

"어? 이번에는 정말 아다치네."

[전화해도 돼?]

조금 전에 그런 연락… 연락? 이 와 있었다. 호오호오, 그 간소한 문장을 보고 있는데, [괜찮아?] 하고 한 번 더 메시지가 왔다. 조금 오싹했다. …그건가? 읽음으로 표시돼서 한 번 더 질문해 본 건가? 전화 앞에서 가만히 있는 아다치를 상상해 보고는 응, 하고 그냥 흘려보냈다.

"좋아~…."

답신을 보냈더니 바로 전화가 걸려 왔다. 정말로 아다치구나 싶었다.

"여보세요."

[아, 안녕.]

은근히 맞물리지 않는 인사에 조금 웃었다. 그래서 나도 "안녕." 하고 대답해 주었다.

[잤어?]

"열심히 공부 중."

[아, 그렇구나.]

"다들 전혀 믿어 주질 않네."

그것도 자고 있었냐는 질문까지 똑같다. 나를 고양이 같은 동물이라고 생각하는 걸까?

[아니, 정말 시마무라는 열심히 노력하고 있을 거라고 생각해.]

"고마워~"

[그런데 대답이 조금 늦어서. 자고 있었나 해서….]

아아, 그런 거였구나 하는 생각을 하며 가볍게 대답했다.

"지금까지 통화하느라."

그러니까 조금 늦은 거야, 정도의 기분으로 대답했다.

[………………….]

"아다칫치?"

아다치의 숨결이 메마른 것처럼 느껴졌는데, 그냥 나의 착각일 뿐일까?

[누구랑 통화했어?]

"응? 친구."

[………………….]

"이럴 때 아무 말도 안 하고 그러지는 말아 줘, 아다치."

[그렇지만.]

"그렇지만이라고 하지 말고."

[그렇지만….]

삐진 어린애 같은 말투에 그만 웃음이 나왔다.

[이, 이상하지 않아.]

"아니~ 이상했어. 있지, 아다치. 아~ 으~음, 그러네."

어쩐담. 눈을 오른쪽으로 움직이며 웃었다. 이걸 어쩌면 좋을까. 누워서 어떻게 대처하면 좋을지 망설였다.

　여러 가지 방법은 보였다. 웃어넘긴다, 화낸다, 진지해진다. 예전에는 화낸다를 자주 사용했었다. 뭐가 그렇게 마음에 안 들었던 걸까. 돌아보니 중학교 시절의 내가 노려보며 좀처럼 이야기를 듣질 않았다. 실실 웃으며 다가갔다간 농구공을 집어던질 것만 같았다.

　"친구는 아주 소중해… 앗, 아다치한테는 친구 없었던가?"

　[응.]

　불쾌한 감정 하나 없이 곧바로 인정했다. 맞아, 그랬지. 곧장 설득에 실패했다. 아다치한테는 처음부터 친구든, 가족이든, 그 주변 사람이든 크게 다르지 않을지도 모른다.

　그렇다면, 이렇게 가야 하나.

　"전에도 물어봤던 것 같은데, 그렇게 난 못 믿을 사람이야?"

　그렇게 다른 사람에게 관심이 없어 보이는 건가? 이래 봬도 아다치에 관해서는 진지하게 생각하고 있다고 보는데.

　[믿어. 하지만.]

　"정말로~?"

　[시마무라가 나 말고 다른 사람이랑 즐겁게 지내고 있으면… 탁해져.]

　"탁해져?"

[가슴에 흙탕물이 들어가 있는 것 같아서.]

"그렇게까지~?"

[시마무라의 그 어떤 것도 다른 사람에게 주고 싶지 않아.]

"음~"

넘치는 사랑을 받는 일이야 좋다고 치고, 아다치는… 깊구나. 깊다. 대해(大海). 가볍게 헤엄을 치려고 하면 조난당한다. 시적으로 말하자면 그렇게 된다. 확실하게 형용하자면 속박형 여친.

단지 말이야, 하고 나는 손을 저었다.

둘이서 살아갈 수는 있어도 단둘이서만 살아가는 건 너무 어려운 일이야, 아다치. 내 머리가 아다치가 된다면 혹시 또 모르지만, 그래서는 '둘'이 아니다.

"나는 있지, 다른 사람이랑 이야기할 때도 아다치를 많이 생각해."

빈말이 아니라 정말로 그렇게 되어 버렸다. 아다치는 그만큼 강렬하게 나에게로 파고 들어왔다. 옆구리 부근을 꽉 물고 있으리라 생각한다. 무슨 일이 있어도 무시할 수 없을 만큼. 꽉 깨물고 있다.

"그러니까 아다치가 믿어 주지 않으면, 솔직히 말해, 굉장히 침울해져."

나는 따지자면 사람에게 깊게 파고드는 성격이 아니었다.

그건 자신의 깊은 면까지 알리고 싶지 않다는 의식 때문이다.

그런 울타리를 제거하고 대하는 아다치가 이렇게 나오면, 어떻게 해 볼 도리가 없다는 감정이 들 것만 같았다. 고요한 쓸쓸함과 포기가 뒤섞인 검푸른 감정이 파도처럼 밀려들었다. 밤의 해변에 혼자 앉아 있는 듯했는데, 하지만 거기서는 차분함도 느껴졌다.

차분함이 느껴져 긴장을 늦추면 그대로 머물러 있을 듯하니, 억지로라도 일어서야만 한다.

그러기 위해 손을 이끌어 주는 사람이 아다치였으면 했다.

[미안.]

"아다치가 사과해야 할 일은 아니지만, 단지… 참 어렵지? 마음을 서로 정확히 나누기는."

정면에 대고 사실을 말해도 의심을 받는 일도 있으니, 나로서는 도무지 최선의 방법이 떠오르지 않았다. 반면 아다치의 말은 전면적으로 믿고 있다. 그럴 수밖에 없다. 알기 쉬우니까.

[정말이야, 시마무라는 믿고 있어.]

"응응. 진짜진짜 사랑해~"

[…역시 좀 믿기가….]

어째서?!

"그건 그렇고, 무슨 얘기 했었지?"

[어… 어라? 아직 아무 얘기도 안 했을지도?]

"맞아, 아다치가 따지고 들었을 뿐인가."

98

[따, 따지고 든다든가 그 정도까지는 아니야… 아니라고 생각해.]

"진지한 이야기는 이쯤에서 쉬도록 하고, 즐거운 이야기 부탁해."

[뭐?]

"아니, 전화를 걸었으니까 뭐라도 있지 않나 싶어서."

신나는 이야기를 해 달라고 시계를 올려다보면서 요구했다. 내일을 대비해 자야 할 시간이었다. 신바람을 낼 시간은 아니지만 일부러 즐거운 기분을 내 보려 했다.

"우히."

[우히?]

"너무 앞질러 가 버렸네. 자, 말해 봐, 아다치."

마음속 흙탕물을 마음껏 여과해 줬으면 했다. 하지만 여과해도 남는 진흙은 어디로 가 버리는 걸까.

[아, 그럼.]

"응, 말해 줘."

[실은 다음 주에 밸런타인이라는 날이 있거든.]

"응~ 있는 것 같더라고."

시치미를 딱 떼 보았다.

"그런 날도 있었지."

[그, 그런 날도 있더라고.]

억지로 맞춰 줄 필요는 없는데. 나는 시선을 돌리면서 웃었다.

"그래서 그 발렌타인데이에 무슨 볼일이라도 있어?"

[그건 말이야… 그러니까, 올해도 하자고.]

아다치가 원래대로 돌아와서 나도 평소대로 대답했다.

"좋아. 올해도 밸런타인 해 볼까?"

[아… 응!]

아다치가 끄덕끄덕 고개를 움직이는 모습이 보이는 듯했다. 직접 보지 않아도 사람은 그 외의 많은 방법으로 그 사람을 감각 속으로 끌어들일 수가 있다. 그런 일이 가능한 게 사람이니까, 초능력 같은 걸 믿는 사람이 나오는 것도 왠지 이해가 되었다.

[또 사러 갈 거야?]

"그래도 좋지. 작년의 초코 맛있었으니까."

덧붙이자면 야시로가 오늘 선물로 준 초코는 아무 문제도 없이 달았다. 안에 있는 것은 동물을 본뜬 초코였는데, 중앙에 위치한 수수께끼의 생물만큼은 가족 중 아무도 알아맞히지 못했다. 그리고 야시로도 그게 무슨 동물인지 몰랐다.

신기하군요~ 그렇게 말하며 사각 초콜릿 네 장을 손가락 사이에 끼운 야시로는 무척 행복해 보였다.

"나고야에 가 볼 일은 이 정도밖에 없네?"

[응.]

"고등학교를 졸업하면 가 볼 기회가 더 많아질까?"

아니면 부모님 댁을 나와서 살아가게 될까? 내가? 그런 생각에 무심코 천장을 바라보았다.

[시마무라는 대학에 갈 거야?]

"음~ 어떻게 할까."

열심히 배우고 싶은 것도 없고. 그렇다고 고등학교를 졸업하고 곧장 일하는 자신도 상상할 수 없어서. 머릿속의 자신은 항상 고등학생으로, 거기서 움직일 생각을 하지 않는다. 아다치와 함께 매일 한가로이 학교에 다니는 시간이 영원히 계속되지 않을까 하는 생각마저 들었다. 그럴 리가 없다고 알려 주는 친구가 있는데, 아직도 그런 생각에 빠져 있다. 미래가 너무 어렴풋한 탓도 있을지 모른다.

"아다치는?"

조금 도망쳤다.

[나는, 생각해 본 적도 없어. 일할지도 몰라.]

"중화요리의 달인 아다치인가?"

[그건 아닐 거야.]

하지만 실제로 아다치도 나도 언젠가는 일을 하게 될 텐데… 그때 우리의 관계는 어떻게 될까. 같이 있게 되리라고는 생각하지만, 미래가 어떻게 될지는 알 수 없는 일이다.

마음이 아닌 다른 이유로 멀어질 수도 있다. 예를 들면 운석이 떨어져 인류가 멸망한다든가.

인류가 멸망해도 야시로는 아무렇지 않게 주변을 걸어 다니고 있을 것 같지만.

…이 이야기는 지금 필요 없나. 안 그래도 내일 이야기는 조금 어두워질 듯하니.

"아다치, 조금 이야기를 되돌리려고 하는데."

[응. 으응?]

무슨 이야기인지 모르겠다는 눈치다.

"내일, 그 친구랑 만나고 올 거야."

솔직히 털어놓았다. 그 말을 들은 아다치는 아무 말도 하지 않았다. 숨소리까지 멀어지니 조금 무섭기도 했다.

아다치의 사랑은 너무 지나칠 만큼 아무것도 섞이지 않아서, 가끔은 건드리는 일조차 망설여진다.

"아다치에게는 거짓말을 하지 않아. 그게 내 나름의… 뭐랄까, 사랑이야."

전에는 아무 말도 안 했다가 큰일이 났으니까. 흐지부지하게 딱 잘라내며 넘어갔지만, 참 잘 회피했다는 생각이 절로 든다. 잘 회피했나? 종이가 물을 흡수해 구깃구깃해졌을 정도로 치명적이었지만 용케도 매끈하게 마른 상태로 잘 돌아갔다. 아다치는 마법사인지도 모른다.

[히노나 나가후지가 아니라?]

"응."

[저기·················.]

뭔가 하고 싶은 말이 있어 말을 멈춘 낌새였다. 마치 짚이는 데가 있다는 듯이. 아다치와 타루미는 만난 적이 있었던가? 있었다면 아다치가 삐졌을 듯하니, 없나?

[나도 따라가도 돼?]

"음~ 그렇게 나온다, 라."

오리의 어미와 새끼가 연상되었다. 아다치라면 그렇게 나오는 게 당연하다는 생각이 드는 한편, 그건 좀 아니라는 생각도 들었다.

여러 이유를 떠올려 봤지만 거짓말은 하지 않겠다고 방금 말한 참이다. 어쩔 수 없으니 확실히 말해 두자.

"아다치가 있으면 이야기가 잘 정리되지 않을까~ 하고, 이 시마무라 씨는 생각하는데요."

거기다 아다치랑 타루미를 딱 마주치게 만들면… 그거잖아, 그거.

딱 잘라 말해 왠지 성가실 것 같다.

아무도 수습하지 못하지 않을까?

"일단 만나서 이야기를 해 두고 싶은 상대야. 이해해 줬으면 좋겠어."

사귄 적도 없는데 작별 이야기를 하는 듯한 신기한 심경이지만.

그런데 친구랑 만나기 위해 이런 절차가 필요하다니, 아다치는.

아다치는… 나를 뼈까지 통째로 감싸 안는구나 싶었다.

[…응.]

내키지 않지만 어쩔 수 없다는 듯한, 단단한 돌멩이 같은 대답이었다.

괜찮아, 얼마든지, 전혀 상관 없어, 처럼.

평소에는 자신을 속이면서까지 배려해 주는데, 이런 때만큼은 양보하지 않는다.

좋고 나쁘고를 떠나서 아다치는 그런 아이다.

"아다치가 참아 준다면… 뭐 가지고 싶은 거라도 있어?"

포상으로 낚으려 하는 안이한 나.

[새, 생각해 둘게.]

낚여 주는 멋진 아다치.

이렇게 해서 무사히 하나의 벽을 넘을 수 있었다.

"오늘은 여친하고 하는 대화 같았네."

전화를 내려놓고 먼저 그런 인상을 중얼거렸다. 그리고 체험해 본 감상은 욱신거리는 내장이 말해 주었다.

무릎을 세우고 앉아서 바다표범 봉제인형을 껴안았다.

여친이란 그러네. 까다로워. 거의 밀착에 가까운 거리에서 인간관계를 키워 나가야 하니 방어가 무척 어렵다. 서로 치고받는 상황이 계속되니 먼저 체력이 떨어지는 사람이 진다.

그리고 계속 패배하면 분명 파탄이 나겠지.

치고받더라도 딱 알맞게 적당히 할 필요가 있었다.

"험난하구나, 인생이란."

평탄한 곳을 걸을 수도 있었다. 하지만 자신의 의지로 산을 오르고 말았다.

내 삶의 난이도를 높이고 말았다.

그래도, 내가 납득하고 싶으니까.

"아다치는~ 언제부터 날 좋아했어?"

어제 궁금했던 일이 문득 떠올라서 점심시간에 물어봤다. "하핳푸웁." 하는 갑작스러운 발음이 인류 중에서는 아다치 이외엔 곤란할 법한 반응과 함께 나오더니, 아다치의 어깨와 목이 뻣뻣하게 굳었다. 항상 느릿느릿 고개를 숙인 채 식사를 할 뿐이던 아다치에게는 드문 일로, 삼키지 못한 음식이 뺨을 부풀게 만들었다.

제법 귀여운걸?

그리고 안색이 빨간 정도를 넘어서 파랗게 질려 있기에 다급히 물을 내밀었다. 아다치는 단숨에 물을 모두 들이켜 목이 메는 일 없이 자유로워졌지만, 겨울에는 어울리지 않게 이마에 땀이 가득했다. 아다치, 몸에 금방 열이 오르는구나. 겨울에 강한 스타일이야.

따끈따끈해진 아다치를 부럽다는 듯이 바라보다가 도중에 퍼뜩 눈치챘다.

여기는 교실인데 나도 참 대담한 질문을 해 버렸다.

아다치의 독이 나에게도 휘돌기 시작했는지도 모른다. 상관없나. 일단 물어봤으니 끝까지 가 보자.

"응? 아다치, 언제부터야?"

응석 부리는 느낌의 모습이 되도록 의식했더니, 약간 부추기는 식이 되어 버렸다. 어렵네.

아다치는 눈을 뜬 채 입술만 뻐끔뻐끔 기계적으로 움직였다.

"어, 어느새 정신을 차려 보니…."

"와, 참 로맨틱한걸?"

특별한 계기는 없는 모양이었다. 어? 사실은 로맨틱하지 않은가?

"어째서?"

"……? 뭐가?"

도시락 통 가장자리의 달걀말이를 베어 물면서 질문의 의도를 물었다.

"어째서 물었나 해서."

"음, 그냥."

"그… 응."

그렇구나인지, 그렇구나~ 인지, 무슨 말을 하려고 했는지 고민되는 순간이다.

우리 집의 달걀말이는 여전히 달달한 편이라 입에 잘 맞는다. 우리 집 사람들은 다들 달달한 간을 좋아한다.

야시로도 달콤한 음식을 아주 좋아하니, 그래서 우리 집에 자리를 잡았는지도 모른다.

밥에 젓가락을 대고는 아다치가 또 나를 가만히 바라보아서 다시 확인해 두었다.

"정말로 그냥 의문이 들어서 물어봤을 뿐이야."

"그, 그렇구나…."

"응. 그래서야."

"시, 시마무라는?"

"으음?"

"언제부터, 그러니까, 좋아하게 됐나 해서…."

입과 눈의 윤곽이 뭉글뭉글해졌다. 입이든 눈이든 톡 건드리면 갈라져 아다치가 넘쳐흐를 것만 같았다.

뭐야. 아다치가 넘쳐흐르다니.

"나? 음~ 나는~ 비밀."

"치사해."

"아다치도 사실상 대답을 안 한 거나 마찬가지잖아."

하지만 적어도 처음 만났을 때의 아다치는 나를 특별히 좋아하지 않았다는 말이기도 하다.

나를 좋아하지 않았던 아다치. 지금에 와서는 어떤 이미지인지 떠올리는 것조차 쉽지 않았다.

초기의 아다치인데, 그 말투나 행동도 거의 다 잊어버리고 말았다.

"…좋아하긴 좋아해?"

힐끔 나를 살피며 말했다. 왜 난 이렇게 의심을 많이 받는 걸까.

"아~주 좋아해."

…이런 점 때문인가?

하지만 똑바로 보고 수치심을 견디며 당당하게 말하려 해도 뺨과 입이 딱딱하게 굳는 병에 걸려 있으니 그건 이해해 줬으면 한다.

아다치가 무슨 말을 하고 싶다는 듯이 가만히 바라보기에 "아니, 좋아합니다. 좋아해." 하고 태도를 바로 고쳤다.

언제부터 좋아했는가.

나는 의외로 확실한 편으로, 좋아한다는 말을 들어서 좋아하게 된 거였다.

왠지 가볍게 들리지만 정말로 그렇게 됐으니 어쩔 수 없는 일이다.

즉, 구체적으로 말하자면 같이 불꽃놀이를 보러 갔을 때부터다.

작년의 여름이었으니, 벌써 꽤 오랫동안 좋아한 상대라는 걸 새삼 깨닫게 되었다.

조금 쑥스러워서 도시락의 맛이 감정에 섞여 들어왔다.

도시락을 둘 다 다 먹었는데도 아다치의 귀는 여전히 살짝 붉게 물들어 있었다. 단풍 같아서 차분하게 바라보고 있자.

"잠깐만, 나, 세수하고 올게."

이마의 땀을 눈치챈 아다치가 빵 봉지를 정리하면서 부리나케 교실 밖으로 나갔다. 화장은 괜찮을까 싶었지만, 이런 시기에 땀투성이니까 문제긴 하다. 주로 나 때문에.

"내 탓이구나. 그러면 안 되지."

무책임하게 반성했다.

곧장 도시락 통을 치우고 멍하니 있는데, 자리가 가까운 판초가 책상 옆을 통과하는 중에 문득 눈이 마주쳤다. 수학여행 이후로 거의 말을 하지 않던 판초는 어떻게 반응하면 좋을지 몰라 조금 곤란한 눈치였다. 그냥 말 안 하고 지나가도 괜찮은데. 오른손에는 나처럼 도시락 통을 싼 꾸러미가 들려 있었다.

"여."

"야아."

잘 모르긴 하지만 똑같은 반응을 하지는 않는 배려…? 배려?

가 느껴졌다.

판초가 어색한 인사와는 달리 총총총 경쾌하게 멀어져 갔다.

밀어져 갔다고 생각했는데 도시락 통을 놓아두고 다시 돌아왔다.

"있잖아, 시마무라. 이 시기엔 어떤 느낌이야?"

"어떤 느낌?"

이 시기는 겨울잠을 자고 싶다고 생각할 만큼 타락한 생물이지만, 그런 답을 듣고 싶어서 한 질문은 아니겠지.

"아니, 밸런타인이니까 데이를 챙기나 싶어서."

명백하게 단어 구분이 잘못된 질문이었다.

"데이 챙겨."

"호오~"

구미가 당기는 듯 몸을 앞으로 숙이면서 판초가 반걸음 가까이 다가와 목소리를 낮췄다.

"작년엔 어떤 느낌이었어? 앗, 작년에는 혹시 없었나…?"

"작년? 작년에는… 손가락 씨름 했었어."

분명히.

판초가 팔짱을 끼고는 우아하게 고개를 갸웃했다. 떠올린 의문 부호가 주변에서도 보였다.

"손가락 씨름이라면, 혹시 비유야?"

"나한테 그런 교양은 없어."

손가락 씨름으로 세계를 묘사할 만큼 머리가 좋지는 않다. 판초는 점점 고개가 기울어 결국엔 다리 하나가 위로 떠오를 정도였는데, 다리 하나로 몸을 지탱하면서도 자세를 유지하는 걸 보면 근육은 아주 튼튼한 모양이었다. 잠시 후, 이해하기를 포기했다는 듯이 다리를 원래대로 내렸다.

"심오하네."

"음."

명백하게 서로 이해하지 못한 채 판초가 나한테서 떠나갔다. 그리고 자리에 앉아 잠시 있다가 자신의 두 손으로 손가락 씨름을 시도하려고 고심하는 모습을 멍하니 바라보며, 판초는 좋은 녀석이라고 확신했다. 친구라고 하기는 어렵겠지만, 하여간 신기한 관계다.

그런 일이 있었다. 덧붙이자면 아다치는 점심시간이 거의 다 끝날 때쯤에 겨우 돌아왔다.

젖어서 이마에 달라붙은 앞머리를 지적해 줄까 말까 조금 망설였다.

이래저래 방과 후를 맞이했다. 전화를 보고 연락이 없다는 사실을 확인한 다음 자리에서 일어섰다.

"타~루, 타~루, 타루짱~⋯."

노래해 보면 마음이 조금이나마 편해지지 않을까 생각했지만 크게 달라지진 않았다.

이상하네. 친구를 만나러 가는 건데.

예전에 나와 타루미 사이에 존재했던 그 관계는 어떻게 형성된 것이었을까.

신발장까지 와서 뒤를 돌아보았다. 교실에서부터 내 뒤를 따라온 아다치의 걸음이 우뚝 멈췄다.

기다려, 가 아니라.

"그럼, 다녀올게."

일단 아다치에게 인사했다. 아다치의 눈동자가 살짝 촉촉해진 모습을 보고 '아아~' 하는 감정이 되기도 하고, '으에엑~' 하는 감정이 되기도 하고, '으~으으음' 하는 감정이 되기도 해서, 참 어렵구나 어려워… 하고 한숨을 내쉬었다. 자신의 마음과 태도를 그대로 전하기란 정말로 어려운 일인데, 아다치는 어떻게 해서 그걸 쉽게 내보일 수 있는 걸까.

당연하지만 나는 아다치가 될 수 없다.

하지만 가끔은 조금이라면 한번 돼 볼까 생각한다.

"아다치."

까딱까딱 오라고 손짓했다. 쪼르르 가까이 다가온 아다치의 왼손을 잡고 그 손등에 입술을 맞췄다.

아다치의 손은 손가락까지 아주 서늘해서, 내 입술에서 촉촉

함을 흡수해 가는 것만 같았다.

쪽, 하고 입을 맞추고 손을 놓았다.

멀어진 아다치의 손가락은 게처럼 펼쳐졌다 닫았다를 반복했다.

"이게 내 감정이야."

"어…? 어?"

멍한 아다치를 놔두고 "조심해서 가시길."이라고 인사하며 걸음을 내디뎠다. 아다치는 지금 어떤 기분일까.

'제법이시군요.'

어째서인지는 몰라도 머릿속에서 야시로의 목소리가 재생되었다. 너한텐 물어본 적 없거든?

기분은 결코 밝다고만은 할 수 없었다.

아니, 오히려 밝을 만한 요소가 더 적지 않을까. 아마도.

어깨에 멘 가방의 끈이 무겁게 느껴졌다. 맞바람이 강하지 않은 것만이 유일하게 다행스러운 요소인가. 그래도 귀와 머리카락이 하나로 뭉쳐서 들러붙을 정도로 추운 날이었다. 기분이 울적해도 이게 다 추위 탓이라고 할 수 있으니 겨울도 의외로 편리할지도 모른다.

학교에서 꽤 거리가 먼 역 앞까지 묵묵히 걸으면서, 차가운 입김을 내쉬었다.

왜 기분이 이런가 하는 마음도 들었다. 단지 친구를 만나는 것뿐인데.

아니, '단지'라고는 할 수 없는 건가.

옛날 친구는 대하기가 어렵다. 옛날과 지금이 계속 뒤섞이니까 어떻게 대처하면 좋을지 알기 힘들다.

어려운 게 싫다면 옛날처럼 되지 않도록 해야 하는 거겠지… 아마도. 그러니까 아다치는 평소에도 그렇게 열심인지도 모른다. 지금이 계속된 그 미래에 아다치는 만족하는 걸까. 아다치는 얌전하고 단정한 얼굴과 분위기를 지녔지만 그와는 반대로 욕심이 많으니 아직도 만족하지 못할 가능성이 컸다.

그렇게 이런저런 생각을 하면서 역을 향해 걸었다. 걸어가면 갈수록 아다치의 분량이 더욱 늘어났다.

그게 지금의 나, 내 마음의 모습이겠지.

역에는 자주 오는 편이지만 전철을 탈 기회는 거의 없었다. 약속 장소로 정해 둔 버스 정류장 근처를 어슬렁거리며 타루미가 없다는 점을 확인하고 안내도 옆에 섰다.

[도착했어~]

타루미에게 연락했다. 바로 대답이 왔다.

[도착~]

어디, 어딘데? 두리번거리며 살폈다.

꽤나 큰 짐을 든 타루미는 조금 늦게 도착했다.

야외의 많지 않은 사람들 속에서도 서로 가까이 다가가는 빌 소리는 금세 소음에 뒤섞여 사라질 듯했다.

"여, 여어."

"안녕."

아다치에게 건넸던 공손한 말투의 영향이 아직도 남았는지 이번에도 제대로 된 인사를 건넸다. 하마터면 아까처럼 '조심해서 가시길'이라고 말할 뻔했다.

만나자마자 작별 인사를 하면 어쩌자는 건지.

머릿속 한편에서 그건 그거대로 편할지도 모른다고 생각하는 자신을 타이르고 싶었다.

"와아, 시마짱…. 몰라볼 정도로 변하진 않았네."

"그야 당연하지."

타루미도 크게 변하지 않았지만, 머리카락이 조금 짧아진 듯했다. 잘랐는지 물어볼까도 했지만, 이야기를 이어 가기 힘드니까 그냥 안 물어보기로 했다. 그렇다곤 해도 다른 이야기라면 어떤 게 좋지?

요즘엔 타루미를 만나면 항상 그런 고민을 한다. 같은 생활권에 속하지 않으면 이렇게나 맞물리기가 어려운 걸까. 학교라는 장소가 생각 외로 중요하다는 점을 이럴 때 느끼게 된다. 틀림없이 진정으로 그 가치를 깨닫는 순간은 졸업을 하고 어느 정도 시간이 지난 뒤겠지만.

"어?"

그 학교 생각을 하다가 눈치챈 일인데, 타루미는 코트 안에 교복을 입고 있지 않았다.

체크무늬 스커트의 색상은 겨울이 아니라 가을을 상기시켰다.

집에 들렀다 온 건가?

"왜 그래?"

"이거, 이거."

내 교복의 옷깃을 집으며 의문을 표하자 타루미가 금세 눈치챘다.

"오늘은 학교 빠지고 집안일을 끝내 뒀거든."

"뭐라?"

성실한 건지 불성실한 건지 판단하기 힘든 이유였다.

"만날 시간을 만들고 싶어서."

"아… 더 한가한 날을 선택할 걸 그랬나?"

주말처럼 조금 편한 시간에 만났어야 했나 싶었는데, 생각해 보니 일단 확인은 했었다.

확인은 했지만 좀 책임감이 느껴졌다.

"아니."

타루미는 가볍게 고개를 저었다. 기특하기도 해라.

"타루짱네 집, 그렇게 바빴어?"

"음… 음~"

애매모호한 반응이었다.

"별로 바쁘진 않아. 해야 할 일이 있었을 뿐."

귀 옆의 머리카락을 매만지면서 타루미가 명쾌하게 말했다.

타루미네 집. 초등학생 때 놀러 간 적이 있는데 특별한 인상은 받지 못했다.

어머니도 집에 있었고, 평온한 대화가 오갔다는 느낌이다.

하지만 그건 몇 년이나 전의 이야기로, 시간은 아주 많이 지나 갔다.

"그렇구나."

그러니까 그렇게 말하는 수밖에 없었다. 타루미는 조금 난처 한 듯 웃으며 다음 이야기로 넘어갔다.

"갈까."

"응."

대답을 하면서 슬쩍 돌아보고 확인했다. …시선의 끝에서 아 다치의 머리가 슬쩍슬쩍 드러나지는 않았다. 아다치라면 몰래 따라올지도 모른다는 걱정이 되기도 안 되기도. 아다치는 그런 일도 마다하지 않는다. 아다치한테는 귀찮다는 감각이 없는 걸 까?

본인은 가끔 성가신 소릴 꺼내지만, 행동력만큼은 분명 배워 야 할 부분이겠지.

"그런데 가자니, 어디로?"

물으면서 거리를 좁혀 타루미 옆으로 갔다. 타루미는 무거워 보이는 가방의 끈을 장갑을 낀 손으로 들고 있었다. 목도리까지 빙글빙글 감고 있어서 틈새가 없었다. 그렇게 추위를 많이 타나?

타루미는 역의 입구로 가는 듯하더니 도중에 걸음을 멈췄다.

"먼저… 이거부터 하자."

타루미가 바로 달려든 곳은 자판기였다.

"왓?!"

자판기에서 놀려고 하다니 타루짱도 수준이 참 높다. 높은지 뭔지도 잘 모르겠다. 타루미는 따뜻한 차를 하나만 사서는 나한테 건네주었다. 받긴 받았지만, 캔과 타루미를 번갈아 바라보았다.

"아, 그렇지. 이 장갑도 받아."

타루미가 자신의 장갑을 벗어 내밀었다. 일단은 장갑도 받았다. 그리고 의문을 늘어놓았다.

"이게 뭔데?"

"자자, 손을 따뜻하게 해 줘."

타루미가 손을 대지도 않고 어깨를 꾹 누르고 있는 기분이었다. 장갑 장착.

"따뜻하긴 하지만…"

'하지만하지만'이 이름이 될 것만 같았다. 타루미가 이어서 목도리를 벗더니 이번에도 나한테 둘러 주었다. 목덜미에 목도리의 섬유가 닿으며 스치자 오싹오싹하며 등골에 한기가 들었다.

"따뜻해."

일단 나를 따뜻하게 해 주는 일이 목적인 듯했다. 타루미는 전자레인지가 되고 싶은 걸까? 내가 두툼해지는 것과 반대로 타루미는 옷차림이 가벼워졌다. 이어서 타루미는 가방을 열어 귀마개를 꺼내 나한테 씌워 줬다. 나는 이미 해 주는 대로 가만히 있을 뿐이었다.

혹시 나를 대상으로 옷 갈아입히기 놀이를 하는 건가? 추운 겨울에 옷을 벗기지 않고 계속 입혀 주기만 하니까 그건 고맙지만, 이제는 슬슬 적재량이 초과되지 않을까 걱정되었다.

"코트 필요해?"

타루미가 자신이 입고 있던 코트에 손을 댔다. 무슨 일이 있어도 나한테 온기를 전해 주고 싶은 듯했다.

하지만 코트까지 걸치게 되면 내가 거의 타루미가 되어 버리는지라 거절하기로 했다.

"이제 넘칠 정도로 따뜻한데, 타루짱은 만족스러워?"

"아니아니. 그건 이제부터."

타루미가 되돌아가려는 듯이 방향을 바꾸었다. 역 안에서 뭔가 할 일이 있지는 않았나 보다.

그런데 대체 뭘 하러 온 걸까. 조금 궁금했다.

"장소도 생각해 봤는데 강변이 좋을 것 같아."

"강변?"

먼저 바비큐 파티가 떠올랐다. 그다음은 결투. 분명 둘 다 아니겠지만.

타루미는 앞을 본 채 말했다.

"시마짱의 그림을 그리고 싶어."

"그림?"

"그림."

복창하는 듯한 발음 중에 타루미의 어깨가 살짝 위아래로 움직였다. 나의 그림.

그러고 보니 전에도 그런 일이 있었지?

"오호라."

이런저런 추위 대책을 살펴보니, 이제야 왜 그랬는지 이해가 되었다. 모델을 배려해 준 모양이었다.

"그리면, 그 그림을 시마짱이 가지고 가 줬으면 좋겠어."

다시 옆에 나란히 선 나에게 타루미가 애매모호한 미소를 지었다.

"내가 가져가라고?"

"응. 그랬으면 좋겠어."

초상화라. 방에 걸어 둬야 하나?

여동생이 이상하다며 웃을 것 같다.

"어쩌면 좋을지 몰라서… 지금에야 깨달았는데 약속 장소도 처음부터 강변으로 정할 걸 그랬네."

"그러게."

어쩌면 좋을지 몰라 당황한 시간이 너무 길지 않아?

어쩌면 지금도 그런 감정이 계속되고 있는지도 모른다. 슬쩍 타루미의 옆얼굴을 봤지만 눈은 이리저리 움직이고 있지 않았으니, 비교적 침착하게 동요하고 있는 듯했다. 대체 어떻게 된 일일까.

이렇게 해서 추억이라 할 만큼 많은 뭔가가 있지는 않은 강변으로 가게 되었다.

저번에는 여름이었으니 계절은 딱 반대인가. 우리의 입장은… 글쎄.

여전히 친구는 친구라고 생각하지만. 그렇지만 뭔가가 틀림없이 많이 달랐다.

친구는 친구라도 다양한 종류가 있다. 친구는 필요 없다고 단언하는 아다치는 그 다종다양한 친구를 일일이 상대하지 않아도 되니, 그만큼 편안한 입장이다. 아다치라면 지금처럼 강변을 향해 걸어가는 일은 절대 없을 테니까. 그런 인생도 있다.

나하고는 완전히 다르다. 하지만 아다치는 내 옆에서 같이 걸으려 한다.

신기하다.

가는 도중에는 별로 이야기를 하지 않았다. 이야기를 하러 왔
는데 서로 말수가 적었다. 몇몇 잡담을 하긴 했지만 내용이 머리
에 남아 있지 않았다. 이야기는 머리카락 표면을 스치며 도로를
향해 훌쩍 날아가 버렸다.

곧장 자동차 소리에 뒤섞여 사라질 듯한 그것을, 우리는 붙잡
으려고 하지 않았다.

겨울 강변이라 당연한 건지 몰라도 사람이 거의 없었다. 햇살
도 어슴푸레 노란색을 띠기 시작했다. 물 근처를 걷자, 신발을
넘어서 발목을 적시는 듯한 습한 바람이 느껴졌다.

우툴두툴한 돌의 감촉을 신발 바닥 너머로 느끼면서, 아무 말
없이 타루미를 따라갔다.

"여기가 좋겠어."

타루미가 대형 가방에서 접이식 의자를 꺼내 준비했다. 척척
다른 도구도 늘어놓고 준비하는 모습을 나는 뒤에서 멍하니 바
라보았다. 도와주고 싶어도, 타루미 외에는 어떤 장면을 원하는
지 모른다. 조금 추위 대책이 부족한 발 주변의 찬 공기 탓에 자
연히 몸이 좌우로 흔들렸다.

"자자, 여기. 앉아."

타루미가 아주 작게 웃으며 착석을 권했다. "어으응." 하고 의미를 알 수 없는 대답을 하면서 나는 의자에 앉았다. 가방을 옆에 두고 어떤 자세로 있으면 될까 고민하면서 다리 위에 손을 올려 두었다.

"오늘은 양산 필요 없겠지?"

타루미의 농담에 아주 살짝 웃었다.

하지만 강변의 의자에 혼자서 오도카니 앉아 있으니 왠지 모를 허전함이 느껴졌다.

지붕도 없는 야외에서 꼼짝하지 않고 있는 경우는 드물기 때문일까. 시야도 좋았고, 수면의 반사가 아직 눈부셨다. 빛나는 생물이 헤엄치고 있는 듯했다. 당장에라도 야시로가 상류에서 흘러올 것만 같다.

큰 가방 안에서 물건을 거의 다 꺼낸 타루미가 그림을 그리려고 자세를 잡았다.

"안 추워?"

"너야말로."

나한테 방한구를 다 준 타루미는 그냥 겨울옷을 입은 여자일 뿐이다. 큰 문제는 없을 듯했다.

"추운 날씨에는 꽤 강한 편이야."

"오~ 강하구나."

그 칭찬이 적절한지 아닌지 곰곰이 생각도 하지 않고 불쑥 하고 말았다.

타루미가 들고 있는 그림붓이 내 몸을 스쳐 지나듯이 기억이 스며들었다. 나는 물감을 전부 대충 꺼내 놓고 필요에 따라서 섞어 쓴다. 누군가에게 낭비가 심하다는 소리를 들은 적도 있다. 실제로도 매번 물감은 남고 말았다. 하지만 그렇게 사용하지 않으면 그림을 못 그렸으니까, 다른 방법으로 그려 보면 어떠냐는 가정은 무의미하다고 생각한다. 그렇지 않고서야 그렇게 그릴 리가 없다.

아다치의 삶이 가늘고 날카롭게, 단 한 사람을 찌르기 위해 존재하듯이.

그런 식으로 기나긴 변명을 해 본다.

옛날에는 가끔 같이 그림을 그리기도 했다. 나는 개를 자주 그렸다.

지금이라면 어쩌면 힘차게 뛰어다니는 개를 그리지 않을지도 모른다.

"타루짱, 그림 잘 그리지? 아니, 실력이 좋아진 건가?"

"응⋯."

캔버스를 들여다보지도 않고 칭찬해서 그런지 미묘한 반응이었다. 당연하다.

이런 점이 문제인가. 아다치가 나를 믿어 주지 못하는 이유를 지금 하나 알게 된 건지도 모른다.

"어떤 아이야?"

이셀 너머에서 타루미가 물었다. 구체적인 말을 다 생략해도 무슨 질문인지 알 수 있었다. 조금 생각한 다음 인상이 어떤지를 말했다.

"처음에는 쿨했어."

"처음에는?"

"응. 처음 한 달 정도는."

담담하게, 때때로 가벼운 농담도 섞으면서, 나한테 점심을 사 오라며 보내던 아다치다. 사실 그런 아다치의 모습도 완전히 사라지진 않았다. 내가 아닌 다른 사람에게는 그때랑 똑같은 태도다. 나와 함께하는 동안 제2의 아다치가 태어난 건지도 모른다. 이제 막 태어나서 미숙하고 순수하고 거짓을 모른다.

그런 아다치를, 나는.

"지금은?"

"개랑 비슷해."

"그게 뭐야."

어이없다는 듯한 낮은 목소리가 들렸다. 하지만 그 외의 적절한 표현이 퍼뜩 떠오르지 않았다.

착하다든가, 미인이라든가, 그런 말은 너무 흔해 빠졌으니. 그리고 그런 소리를 하면 여친 자랑 같다.

"마음에 드는 게 있으면 꽉 물고 절대 놓지 않는 여자."

"여자다운 면이 적지 않아?"

"그러니까 개랑 비슷하다고 말한 거야."

그리고 보니 이런 이야기를 하러 왔었다. 이런 이야기라도 괜찮은 건가?

여친이 개랑 비슷하다는 이야기를 하러 왔다니, 여러 가지로 오해를 살 듯했다.

내가 그런 걱정을 하는데, "아아." 하고 타루미가 이해가 된다는 반응을 보였다.

어? 이해가 돼?

"시마짱은 개를 좋아했잖아."

"으응, 그거야."

예전에 타루미와 어디까지, 얼마나 이야기를 했는지도 이제는 기억나지 않는다. 초등학생 때의 나는 숨기는 것이 없었고, 벽이 없어서, 다름 아닌 그 녀석이랑 비슷했다. 공짜로 밥을 얻어먹는 외계인 같은 그 녀석.

그 녀석을 보고 어이없어하면서도 그냥 내버려 둘 수 없었던 이유는, 그런 필연이 있었기 때문인가.

엄마가 야시로를 귀여워하는 이유는 그런 점 때문인지도 모른다.

"멍멍."

비슷하게 따라 할 생각도 없어 보이는 소리를 듣고 어떻게 반응하면 좋을지 몰라 생긋 웃기만 했다.

그런데 여고생 둘이서 강변에 와 예술적인 시간을 보내다니, 아주 보기 드물지 않나 하는 생각이 들었다. 예술이니 여고생이니 하는 요소를 생략해 봐도, 다른 사람의 모습은 전혀 찾아볼 수 없었다. 겨울의 저녁놀은 쓸쓸하다.

쓸쓸한 정도의 분위기가 딱 좋겠지만.

저편에서 타루미가 등을 곧게 펴며 나를 바라보았다. 두 눈이 가만히 나를 포착했다.

고정된 그 눈은 마치 아다치 같았다. 아다치가 나를 볼 때의 눈이다.

그림을 그리기 위해 모델을 바라볼 때의 그런 눈이 아니다.

"알게 된 사실은 걔랑 비슷한 아이란 점밖에 없는데."

화제는 아직 끝나지 않은 모양이었다. 아니, 이런 이야기를 하러 온 거잖아. 오늘은.

이런 이야기를 한 뒤에는 무엇이 기다리고 있을까.

타루미는 무엇을 원하고 있을까.

"시마짱은 그 아이… 그런데 '아이' 맞아?"

"아이?"

"아니, 언니일 가능성도… 있지 않을까 해서."

"흐음."

연상의 언니와 연애를 한다는 가능성도 있었던 건가. 하지만 연상의 언니 중에는 아는 사람이 없다.

"......................."

없네.

"동급생이야."

"그렇구나….."

타루미의 눈에는 대체 무엇이 떠올랐을까. 거리가 벌어져 있어 조금 알기 힘들었다.

거리. 물리적으로든, 비과학적으로든.

그림을 그리는 손은 이미 멈춰 있었다.

"어떤 아이야?"

몇 번이고 비슷한 질문이 계속됐다. 타루미의 머릿속에서 그런 의문이 계속 빙글빙글 맴돌고 있는 듯했다. 그걸 물어서 무엇을 생각하고, 누구와 비교해, 무엇을 바라보려는 걸까.

"어, 어떤 점이 좋은가 해서….."

목소리는 아랫입술 안쪽에서 숨결도 없이 그냥 흘러서 떨어지는 것 같았다.

아다치는 어떤 아이인가.

조금 이상하다. 상당한 미인이다. 아주 열심이다. 꽤 응석을 부리기도 한다. 키가 제법 크다. 의외로 성적은 좋다. 그럭저럭 성실하다. 매우 질투가 심하다. 사랑이 무지막지하게 부담스럽다. 흔들림 없는 일편단심. 가끔 운다. 아직은 웃는 모습이 서투르다. 나하고는 가치관이 많이 다르다.

좋은 점 나쁜 점이 가득가득.

그리고.

언제나 나를 움직이는 힘이 된다.

"그 아이는 항상 나를 멀리 데리고 가."

그래, 나만을.

"그게 한없이 계속되니, 날 어디로 데려갈지… 곁에서 계속 지켜보며 확인하고 싶어져."

내 나름의 사랑을 장황하게 설명하자면… 이렇게 되지 않을까 한다.

아다치는 이렇게 에둘러 말하면 난처한 표정을 지을 뿐이겠지. 그런 생각을 했더니 웃음이 나올 듯했다.

그렇게, 장소에 어울리지 않는 기분에 빠져 있는 나와는 달리 타루미의 눈과 입술은 떨리고 있었다.

"그렇, 구나…."

"응, 그런 아이야."

"무지막지하게 좋아하는가 보네."

"어~ 아니~ 그야~"

그야, 하고 하나 더 입안에서 중얼거렸다.

"저어, 뭐지… 그러니까, 그래서…."

타루미의 눈 위에서 빠르게 무언가가 지나갔다. 하지만 고개를 살짝 숙이고 있어서, 캔버스에 가려서, 거리가 있어서 확실하게 볼 수는 없었다. 타루미는 계속 중얼중얼 혼잣말처럼 말을 계속했다.

"시마짱이 아주 뜨겁고 즐거워 보이는 건, 잘 알겠지만…."

"타루미?"

"시마짱이랑 놀러 간 일이라곤, 역에서 전철을 타고 조금 나갔다 왔을 뿐…."

무슨 이야기냐고 묻기도 전에 고개를 든 타루미는.

"이번엔 계속 친구로 남아 줘, 시마짱."

타루미는 울고 있었다.

울리고 말았다. 내가.

겨울보다도 차가운 무언가가 머리에 떨어져 머리카락 사이를 빠져나갔다.

친구라는 이유로 운다는 말은, 그러니까.

어질어질했다.

타루미도? 되물으려고 했는데 목이 막혔다.

"응."

타루미가 말 이외의 것으로 표현한 감정이 바람을 타고 빠져나갔다. 강변의 차갑게 식은 공기와 함께 나에게 뚫은 작은 구멍을 통과해서는 작은 아픔을 남겼다. 목소리는 바짝 메말라 있었다.

이번에는 계속.

친구.

아름다운 존재로, 두 사람 모두의 마음에 지금은 없을 그것.

그런데 타루미는 그런 말을 하려고 한다. 착한 애니까.

아다치라면, 죽어도 그렇게 말하진 않을 것 같다.

친구이고 사이가 좋고 손을 잡고 초등학교 때는 타루짱 시마짱이고 가장 먼저 서로를 바라보고 손을 마주 잡고 급식을 같이 먹고 같이 물건을 사러 나가고 가끔은 똑같은 액세서리를 하고 절친이지만 어쩌면 역에서 불러 세운 그 일은 잘못이었을지도 모른다고 조금 그런 생각을 했다.

왜 이렇게 됐을까 하는 의문을 남들만큼이나 머릿속에 떠올렸지만.

이걸 명확하게 말로 표현해 버리면 끝이 나 버릴지도 모르지만.

지금 나는 타루미보다도 아다치를 더 좋아하는 거겠지.

왜 이렇게 됐는가 하는 의문의 대답은 분명히 그것뿐이다.

타루미는 그런 걸 묻고 싶었던 걸까?

그 이야기를 듣고 받아들일 수 있으니 오늘 만난 것일까?

아니면 어떻게든 해 볼 수 있다고 생각해 만나려고 했던 걸까.

어떻게든 한다? 뭘 어떻게든 한다는 거지?

의문이 계속 떠올랐다가 목도리 안쪽에서 열기에 타들어 갔다.

타루미는 더… 더 뭔가가 있으리라는 기대를 품었을지도 모른

다. 하지만 그 바람은 조용히 싹을 틔우지 못한 채 잠들어 있어서. 그 위를 스르르 지나가 버렸다.

담담하게 끝나 가고 있는 타루미와의 관계였지만, 나는 아무런 말도 하지 않았다.

일어서서 외치면 되는 걸까?

이번엔 강변에서 옛날 친구의 이름을 부르면 되는 걸까?

그래도 우정은 건재하다든가, 그렇게 끝내면 되는 걸까.

하지만 타루미에게 그런 건 필요 없겠지.

그런 말을 들어 봤자 결국엔 끝인 것이다.

나와 타루미가 더는 단둘이 만날 가능성은 없다. 우정이 남았든 남지 않았든 똑같다. 그런 게 있어 봐야 무슨 소용일까. 이게 마지막이라는 것도, 타루미가 원하는 것도, 그것을 위해 어떻게 하면 되는가도 모두 다 알고 있었지만, 어떻게 해 볼 도리가 없었다.

상대에게 최선을 다해야 한다면, 친구로 남자는 대답은 대답이 아니었다.

아마도.

친구 이상의 무언가를 돌려줄 수 없는 나는 이번에야말로 가만히 있을 수밖에 없었다.

타루미는 전혀 기쁘지 않다는 듯이 웃으면서, 계속 울며 계속 붓을 움직였다.

이토록 담담하게 끝나 가는 것이 설령 좋지 않은 일이라 해도 타루미에게는 틀림없이 따로 해 볼 수 있는 일은 없다.

더는 유지할 수 없는 삼각형이 조금씩 무너져 가는 모습을 보듯이 나는 그 모습을 계속 지켜봤다.

"멀리, 같이 가 보고 싶었어."

그런 중얼거리는 소리가 들리는 듯했다.

강 너머의 소란스러움처럼 멀리서.

지금까지 잘못한 일이 특별히 떠오르지 않는 가운데 지금과 함께 흘러갔다.

중학교 시절, 싸웠던 경험이 있다. 말로 사람을 베어 내어 겸연쩍은 경험을 한 적은 있다.

하지만 상대는 내가 보기에는 불쾌한 녀석으로, 타인 이하.

그러니까 친구를 울리기는 틀림없이 이번이 처음이었다.

아다치와
시마무라

'Dream of Two'

"너, 하고 싶은 일이라든가 장래 희망 같은 거 없어?"

"지금 하고 있는데?"

문득 물어봤는데 고민도 하지 않고 그렇게 대답했다.

안경 너머 나가후지의 눈이 껌뻑거리고 있었다.

"그래?"

"응."

대화가 끝났다. 실내의 뜨뜻미지근한 공기가 계속해서 의욕을 빼앗아 갔다.

나가후지네 집. 구수한 냄새. 아직 정리되지 않은 코타츠.

고등학교 3학년이 되어도 전혀 변함없는 시간이 계속되었다. 이 마음 편한 장소도 변함없었지만, 가끔 마음에 걸리는 일이 늘어났다.

조금 시간을 두고 아주 한가하다는 듯이 엎드려 있는 나가후지한테 물어봤다.

"이렇게 지내도 정말 괜찮을까, 하는 생각 조금도 안 들어?"

"그렇군."

"뭐가 그렇군이야."

"히노도 사춘기구나, 라는 그렇군."

나가후지가 내던지고 있던 팔과 가슴을 일으켰다. 돌아오자마자 갈아입은 오래된 셔츠는 이미 겨드랑이에 구멍이 뚫려 있었다. 분명히 몇 년 전에 같이 샀던 옷이다. 나는 그다지 많이 입을 기회가 없어서 옷방에 개어져 있다.

"사춘기가 아니라 이미 고3이니까, 그 뭐냐, 많이 있을 거 아냐."

"그렇군."

"진짜 안 되겠네. 두 번이나 그렇군이라고 했어."

이야기를 거의 듣고 있지 않을 때의 나가후지였다.

"아니아니, 잘 듣고 있거든~? 자, 어떤 두근거리는 이야기를 들려주려고?"

"별로 할 말 없는데…."

귀에 손을 대고 계속 기다리는 나가후지를 보고 나는 한숨을 내쉬며 말했다.

"지금은 우리 둘 다 놀고 있는 거나 마찬가지니까 괜찮아. 시간도 있고. 하지만 네가 일을 시작하게 되고 자유 시간이 없어지면 나도 계속 여기에 있을 수 없게 되잖아? 그렇게 되면… 그러니까, 지금처럼 계속 지내긴 어렵지 않을까 같은 생각을 가끔 하게 되잖아? 보통은…."

투덜투덜, 불평을 하는 듯한 말투가 돼 버렸다. 그렇지만 나만 걱정하고 있으면… 화가 나잖아. 아니나 다를까, 조금 생각하는 척을 하던 나가후지는 특별히 망설이는 모습도 없이 말했다.

"여러 문제가 있어도 그건 그거."

제외하고 제외하고, 나가후지가 몸짓 손짓으로 산더미같이 쌓여 있던 가공의 문제를 내다 버렸다.

그리고 코타츠를 우회해 가까이 바짝 다가왔다.

"전부 제쳐 두면… 봐, 히노가 눈앞에 있어."

해피~ 라고 하며 나가후지가 내 양쪽 어깨를 세 번 두드렸다.

'너 진짜'라든가 '얘가 정말' 같은 말이 몇 개나 떠올라 입 밖으로 나오려고 하다가 사라져 갔다.

엉망진창이라 어떻게 반론하면 될지 알 수가 없다.

그렇게 일이 쉽게 풀릴 리가 없는데.

"넌 참 좋겠다. 머릿속이 판타지라서."

"그렇게 직접적으로 칭찬해 주면 내가 아무리 나가후지라도 좀 쑥스러워."

틀렸어. 아무 말도 안 통해. 얘는 무적이야. 나는 포기하며 어이없어서 웃었다.

"판타지 나가후지… 나쁘지 않은 울림이야."

"별로 좋은 어감은 아냐."

"판타지~ 나가후지~"

"늘여 봐야 소용없어."

"줄여서 판타나가."

상대하기가 귀찮아서 고개를 획 돌려 다른 방향을 바라보았다. 나가후지는 계속 판타지라는 말을 중얼거렸다. 얘는 진짜. 나가후지의 그 목소리만을 들으며 숨을 내쉬었다. 나는 왜 얘랑 같이 있는 걸까.

어째서 나가후지랑.

목소리나 말로 표현하려고 하면 김징이 땀을 흘리기를 싫어하듯이 거부했다.

"…으음."

그대로 엉뚱한 방향을 바라보면서 나는 말했다.

"일단은 10년 정도 목표로 삼아 볼게."

지금부터 10년, 나가후지랑 같이 있어 볼 생각이다.

함께 있기 위해 무언가를 시작해 볼까 한다.

그런데 어차피 10년 지나면 분명히 또, 나는 다음을 준비하겠지.

하나도 전달되지 않았을 텐데, 나가후지는 부드럽게 웃었다.

"열심히 해."

"너도 열심히 해야 돼."

우리 둘 모두와 관련된 일이니까, 라는 생각을 하면서 나도 웃었다.

'The Moon Cradle'

결의를 가슴에 품고 걷기 시작했지만, 그건 그거고 짐을 정리하는 일은 힘들었다.

오늘 밤엔 일단 잠자리를 확보하면 충분하다는 판단에, 공간을 만들고 이불을 뒤집어썼다. 옮겨다 놓은 침대 위에는 펼쳐 놓은 짐이 우리를 내버려 둔 채 틈새도 없이 굴러다녔다. 처음에는 밤이 되기 전에는 대충 다 치울 수 있을 거라고 가볍게 봤는데 잘못된 생각이었다.

야생 동물이 위기를 극복하기 위해 다급히 만든 듯한 잠자리에는 숨소리가 둘. 눈동자를 옆으로 내려 보니, 시마무라가 조용히 눈을 감고 있었다. 조금 바라보다가 또 천장을 올려다보았다.

이제부터 시마무라와 매일 함께 살게 된다.

상상을 하면 멍하니 붕 떠 있는 느낌이라 아직 현실감이 없었다. 둘이서 여러 가지 사항들을 결정하고, 이야기하고, 이사하고, 짐까지 정리하기 시작했는데, 아직도 내 마음은 그런 현실을 뒤쫓아 가지 못했다. 지금 이렇게 나란히 누워 있어도 멍한 자신과 거리를 두고 바라보는 자신이 있는 것 같아서, 현실과 마음이 괴리되어 있었다. 하나로 합치려고 해도 머릿속에 하얀 구름이 소용돌이를 그리며 멀쩡한 형태를 이루지 못했다.

집을 나설 때는 뚜렷하게 보이는 무언가가 있었는데, 시마무라와 함께 걷는 사이에 점점 안개 속으로 흘러 들어간 것만 같았다. 어쩌면 앞으로의 일이 자신이 이상적으로 생각한 것으로 넘

쳐나는 데다 어마어마하게 커다란 나머지 받아들이는 데 시간이
걸리는 섯뿐인지도 모른다.

또 시마무라를 바라보았다.

그 시마무라의 눈이 잠에서 깬 것처럼 스르르 열렸다.

"잠 안 와?"

"어?"

갑자기 시마무라가 말을 걸고 바라봐서, 놀라움이 파문이 되
어 손끝까지 퍼져 나갔다.

"눈이 반짝반짝해서."

번쩍거린다는 말을 잘못한 게 아닐까 할 만큼 머리가 맑았다.
몸은 피로해서 무거운데 의식만이 쓸데없이 빛을 발했다. "응."
하고 작게 대답하며 순순히 인정했다.

"별별 생각을 많이 했더니 잠이 안 와서."

"흐음." 하고 시마무라가 한 번 눈을 살짝 움직이더니.

"그럼 그 별별 생각이 뭔지 한번 들어 볼까?"

몸을 뒤척여 이쪽을 향했다. 그리고 나를 감싸 주는 듯한 미
소.

"잠이 올 때까지."

"…응."

그런 부드러운 태도로 받아들여 주니, 이번에는 요람 안에서
자고 있는 듯한 기분이었다.

편안해서 힘이 빠져나갔다. 예전에는 더 긴장했을 테니, 조금 익숙해진 기분이었다. 앞으로 더욱 시간이 늘어나 자연스러워지고 마음이 움직이지 않는다면, 그건 그거대로 조금 쓸쓸하다는 생각이 들지도 모른다.

그리고 진정이 되니 점점 잠이 와서, 이번에는 잠이 들지 말아야 하니 나도 참 분주하다.

"자, 별별 얘기 부탁해."

"어…."

아랫입술을 스치며 강의 돌처럼 흘러가는 사고를 퍼 올렸다.

"별별 생각이라고는 했지만, 사실은 많지 않을지도 몰라. 먼저 이제부터는 시마무라와 매일 함께 사는구나, 라는 생각을 했어. 이런 일 저런 일 무슨 일을 하려고 하든, 옆에는 시마무라가 있고, 당연히 어디에 갔다가 돌아오게 될 곳이 같은 장소고… 어? 그 외엔 아무 생각 안 했던가…?"

막상 말을 해 보니, 의외로 소면처럼 쭉 연결되어 있었다.

"별로 없었네."

정정하자, 시마무라가 쓴웃음을 지었다.

"평소랑 똑같잖아."

"응. 난 시마무라랑 만난 뒤부터는 항상… 잠을 잘 이루지 못했을지도 몰라."

돌아보면 이불에 들어가 항상 어둠 속에서 시마무라만을 생각했다. 어떤 면으로는 밝을 때도 시마무라만 생각했다고 할 수 있다. 머릿속 대부분이 시마무라로 이루어져 있다. 그런데 내가 시마무라가 아니라 완전히 별개의 존재라는 게 신기할 정도다. 시마무라는 별로 시마무라에 관해 생각하거나 하지 않는 걸까?

"그건 참 미안한걸? 아다치."

"어? 시, 신경 쓰지 말아?"

갑자기 그런 말을 해서, 표현이 어색해졌다. 이런 나쁜 대처 능력은 전혀 나아지지 않았다.

이런 면에서 재능이 없는 건 확실하지만, 재능이 없으니 안 하겠다고 하는 건 의외로 통하지 않는다.

"그런데, 아다치는 별로 잠도 안 자는데 건강하잖아. 굉장하네."

"건강한가?"

"내가 보기엔 그래."

뭔가 생각났다는 듯이 시마무라가 눈을 꼭 감았다. 쿡쿡, 어깨가 흔들리는 모습이 밤인데도 보였다. 왜 웃는지 궁금하지만, 시마무라가 즐거워 보이니 신경 쓸 일은 아닌가?

그런데 별별 얘기를 하려고 했는데 이야기가 끝나고 말았다. 어쩌지? 어쩌냐니, 자면 그만이지만.

시마무라가 나를 보고 있는 동안에는 왠지 아깝다는 생각이 들었다.

화제, 화제. 입안에서 혀를 움직이면서 화제를 찾았다.

"시마무라는 집에서 뭔가 이야기했었어?"

"응?"

"나오기 전에."

"아." 시마무라가 뭔가를 떠올리듯이 눈을 움직이더니.

"평소대로였어. 조금 멍하니 있었지만, 그냥 졸렸을 뿐인지도 몰라. 그리고."

"그리고?"

"양배추를 와작와작 먹는 양이 있었어."

"그게 뭐야…."

신경 쓰지 말라는 듯이 시마무라가 웃었다. 신경을 쓴다고 해도 전혀 이해할 수 없는 이야기였다.

무슨 비유거나 예를 들어 설명한 이야기인가 조금 생각해 보다가 결국 포기했다.

"아다치는? 무슨 이야기 했어?"

어린애를 대하는 듯 말을 선택하는 그 모습이 약간 마음에 걸렸다. 하지만 이야기를 했는지 안 했는지를 묻는 걸 보면 이미 알고 하는 질문이라는 생각이 들었다.

"나는 특별히 아무것도."

"그랬구나."

서로의 목소리가 고등학교 시절로 돌아간 기분이 들었다. 시마무라와 이야기를 하면 때때로 그런 기분이 들기도 한다. 그럴 때면 그리움과 함께 가슴에 맑은 물이 흐르는 듯한 기분 좋은 상쾌함이 휘돈다. 나에게 추억이란 그런 촉감인가 보다.

"자, 아다치가 잡담할 차례야."

"교대제였구나…."

제대로 된 순서인지 파악하기 힘들었지만, 재촉을 받고 이야기를 생각해 보았다.

"시마무라는 자기 전에 무슨 생각 했어?"

"음~ 응. 반쯤."

"반쯤?"

반쯤은 잤어, 라고 말한 다음.

"이제부터 아다치랑 내가 백발이 성성한 할머니가 될 때까지 여기서 살게 되나 상상을 했더니 이상한 기분이 들었어."

시마무라가 자신의 머리카락을 잡고는 색을 확인하듯이 바라보더니.

"아다치가 했던 생각이랑 조금 비슷해."

"아…."

서로의 검지 끝이 꾹 맞닿듯이 마음의 선이 쭉 이어졌다.

그 선이 강하게 당겨져 위아래로 움직이며 마음과 함께 흔들렸다.

그런 순간적인 일체감을 원하기에 우리에게는 언어가 있는지도 모른다.

"될 수 있을까? 할머니."

"결국엔 되는 거지. 할머니는."

시마무라의 노래하는 듯한 대답에 살짝 웃은 뒤에는 아무 말 없는 시간이 흘러갔다.

평소의 침묵과는 달리 초조할 필요 없는, 만족스러운 정숙이었다.

"장수하기 위해서 이제 그만 잘까?"

"응."

"잘 자."

먼저 인사를 끝내고 시마무라가 눈을 감았다. 그 옆얼굴을 보니, 입술이 살짝 부드럽게 누그러진 듯이 보였는데 그건 나의 자기만족에 가까운 해석일 뿐인 걸까?

'잘 자'라는 인사 뒤에 '좋은 아침'이라는 인사가 바로 코앞에 기다리고 있다고 생각하니, 손목에서 피의 온도가 올라가는 느낌이 들었다.

"잘 자."

조금 뒤늦게 나도 눈을 감았다.

나와 시마무라, 둘 중에 누가 먼저 잠들었는지 애매모호한 채로 밤이 녹아내렸다.

얼굴을 묻고 있던 베개보다도 부드러운 목소리가 귓속으로 천천히 흘러 들어왔다.

"아~다치."

이어서 어깨가 흔들렸다. 눈꺼풀이 떨리며 의식이 눈 안으로 흘러들었다.

아침 해가 눈의 가장자리를 베듯이 날카롭게 들어와 번쩍 머리의 전원이 켜졌다.

벌떡 일어났다.

"으드앗."

"뭐라고?"

호들갑스럽게 뒤로 물러선 나를 보고 시마무라가 눈을 휘둥그렇게 떴다. 그러고는 장난스럽게 양손을 들어 올렸다.

"깜짝 놀랐어."

"아니, 깜짝 놀란 사람은 나야."

아래로 흘러내려 눈에 걸린 머리카락을 쓸어 넘기면서 좌우를 둘러보고, 그제야 상황을 이해했다.

아파트로 이사를 왔지.

"시마무라가 깨워서."

놀랐다. 그런 말을 어중간하게 전달했다.

"음? 대체 어디에 놀랄 요소가 있는데?"

"일찍 일어나서."

"어? 역시 그런가?"

시마무라는 곧 싱글싱글 웃으며 어딘가 만족스러운 듯 입꼬리를 끌어올렸다.

"조금 들떴을지도 몰라."

딱 그렇게만 말하고 시마무라는 침실 밖으로 나갔다. 밥 먹자 ~ 방의 저편에서 목소리가 들려왔다.

그 말을 들으며 나는 멍하니 있었다.

들떴다고? 시마무라가?

뭐 때문에?

방을 돌아보니 의문스럽게 생각할 필요조차 없었다.

침대 위에 놓여 있는 시마무라의 봉제인형과 눈이 마주쳤다.

"하헷."

중간에 걸려 넘어진 듯한 이상한 웃음소리가 흘러나왔다.

옷도 갈아입지 않고 거실로 나갔다. 먼저 자리에 앉아 있던 시마무라의 맞은편에 앉아 뻗친 머리를 꾹 누르면서 멍하니 '새로운 생활'이라는 글자를 떠올렸다.

분명히 일어났는데 계속 꿈을 꾸고 있는 것 같았다.

꿈에 그리던 그 모습과 똑같이, 시마무라가 나를 보고 웃고 있었다.

"자, 먹어."

샌드위치와 종이팩 우유를 건네주어서, 나는 그걸 건네받아스트로를 꽂았다. 냉장고의 온도를 그대로 간직한 듯한 액체가 몸속을 식혔고, 그제야 겨우 꿈속의 안개가 서서히 걷히기 시작했다.

"다 정리되면 아침밥도 우리가 직접 만들어야 하겠지?"

"응."

"매일 만들어야 하니 왠지 힘들겠어."

시마무라가 즐겁다는 듯 일찌감치 약한 소리를 했다. 시마무라네 엄마와의 통화가 떠올랐다.

일단 오늘은 시마무라의 엉덩이를 발로 찰 필요는 없는 듯했다.

이삿짐 정리의 진척도는 당연하지만 어젯밤과 다를 바가 없었다. 아침도 근처 가게의 샌드위치였다. 어제 역에서 이곳으로 오는 도중에 사 온 샌드위치지만 하룻밤이 지나도 빵은 본래의 모습을 유지하고 있었고, 혀에 닿는 감촉도 좋았다. 빵이구나, 생각하면서 찢어 입에 넣었다.

"여기 빵, 맛있지?"

"어? 응."

"평범한가?"

나의 담담한 반응에 시마무라가 쓴웃음을 짓는 모습을 보고 나는 다급히 말을 정정했다.

"마, 맛있네~"

"아니, 억지로 맞춰 줄 필요 없어."

"정말 맛있는데, 그, 그런 마음을 설명하길 생략했나고 하면 되나?"

당연하게도 귀찮아서 그렇다는 말만큼은 피했다. 분명 귀찮아서 그랬겠지만.

시마무라한테는 그런 감정이 확실히 전해진 듯, 아직 웃고 있다.

"아다치는 먹는 일에 정말 관심이 없구나?"

"아니, 그게… 맞다고, 조금 생각하긴 하지만."

싫어하는 음식을 먹을 때라든가… 싫어하는 음식이 뭐였더라?

"뭐, 먹는 일 외엔 관심이 없는 사람도 있으니, 분명 세상은 그런 식으로 균형을 잡고 있는 거겠지."

샌드위치 사이로 삐져나온 토마토를 집으면서 시마무라가 끄덕끄덕 이해한 표정을 지었다. 균형. 분명히 남들과 비슷한 시마무라와 전혀 그렇지 않은 나. 나와 시마무라의 균형은 잘 잡혀 있을까?

…아냐, 잘 잡혀 있으니 우리 둘이 이곳에 있는 거겠지. 그렇게 생각하고 싶었다.

"식사에 흥미가 없어서였나, 그렇구나."

흠흠. 시마무라가 혼자서 계속 이해를 넓혀 갔다. 따라잡고 싶다.

"무슨 이야기야?"

"아다치는 고등학생 때 중화요리 식당에서 아르바이트 했었잖아?"

"응….."

"흥미가 없으니 음식을 집어 먹지도 않을 테고, 딱 알맞은 일이었다 싶어서."

적재적소란 거구나. 시마무라가 정말로 감탄했다는 듯이 하는 말을 듣고 있으니, 안 그래도 대충 입에 넣고 있던 샌드위치의 맛이 무슨 맛인지 더 알기 힘들어질 것만 같았다.

"시마무라는 가끔 보면 신기해."

"뭐?"

아침을 먹고 이를 닦은 다음엔 바로 방 정리를 다시 시작, 그럴 거라고 생각했었다.

"후우, 좀 진정될 때까지 쉴까."

시마무라는 소파가 아직 놓여 있지 않은 맨바닥에 그냥 앉더니, 다리를 쭉 뻗으며 그런 소리를 했다. 그런가 싶어서 나도 옆에 무릎을 세우고 앉자 이런이런, 하면서 시마무라가 내 어깨를 두드렸다.

"아다치, 내가 땡땡이치려고 하면 말려야지."

"어?"

"난 이대로 자 버릴걸?"

그런가? 하고 또 생각했다.

"그, 그러면 안 돼애?"

"어쩔 수 없네~"

시마무라가 벌떡 일어나 팔을 걷는 흉내를 냈다.

이 멀리 돌아가는 듯한 대화는 대체 뭘까. 의문은 많았지만, 조금 유쾌한지 마음이 들썩였다.

그러고는 넓지도 않은 방을 여기저기 이동하면서, 나와 시마무라의 보금자리를 정리해 갔다. 서로의 짐이 동분서주하며 가끔은 부딪치기도 했다. 활짝 열어 놓은 창문에서 들어오는 바람으로는 너무도 부족할 만큼 열기와 땀이 배어, 체육관에서 보냈던 그 시간을 방불케 했다. 거기서부터 시마무라와의 시간이 시작되어 여기까지 왔구나 하는 생각을 하며 흰 벽을 가만히 바라보았다.

"오? 아다치, 휴식이야?"

옷을 팔에 안고 있던 시마무라가 내 뒤를 지나갔다. "아, 아직이야." 하고 의욕을 보이는 사이에 시마무라는 침실로 갔다가 다시 돌아와서는 "참 장한걸?" 하고 적당히 칭찬을 해 주었다.

"덧붙이자면 나는 쉴 거야."

손이 빈 시마무라가 소파에 빨려 들어갔다. 둘이서 고른 파란 소파 위에서 바다표범 봉제인형하고 같이 뒹굴면서 시마무라는 아직 전원을 연결하지 않은 TV 화면을 멍하니 바라보았다. 작업

을 위해 한데 모아 묶은 머리카락이 느슨해져 얼굴에 닿기 시작
했다.

나는 일어선 채 어쩌면 좋을까 고민했다. 방은 아직 반쯤 블록
을 쌓아 놓고 방치된 듯한 상태였다.

"생각해 봤는데."

바다표범의 털을 가지런히 만들듯이 쓰다듬으면서 시마무라
가 천장을 향해 말했다.

"무슨 일인데?"

"이삿짐 정리가 너무 귀찮아서."

"…응. 응?"

"그러니까 가능하면 이사 횟수는 적었으면 좋겠어."

라고 생각했습니다, 빠르게 시마무라가 말을 마무리했다. 바
다표범을 배에 올리고 발바닥을 잡아 동그랗게 자세를 잡았다.
그리고 그대로 나를 가만히 바라보았다.

"그러네…?"

어중간하게 동의하면서 이야기가 더 있나 하고 기다렸다. 시
마무라는 노골적으로 시선을 피했다. 그리고 "우~우~" 하면서
봉제인형을 얼굴 위에 올렸다.

"아다치, 날 너무 괴롭히지 마."

"응?"

무슨 이야기인지 바로 알아차릴 수 없었다.

설명해야 해? 전부 설명 안 하면 모르겠어? 하는 시마무라의 흐릿한 목소리가 들려왔다.

오, 오오? 하고 내 이에서 바다표범 같은 목소리가 흘러나올 것만 같았다.

"그러니까 말이야."

"응."

"이사하지 말고, 여기서 오래 살자는 의미였어."

바다표범 너머, 보일 듯 말 듯 하는 시마무라의 입술이 조금 뽀로통하게 굽어 있었다.

아래에서 따뜻한 물이 천천히 밀려 올라오며 침투해 가듯이.

겨우 의미를 이해하니, 어깨와 뺨에 괜한 힘이 들어갔다.

"그, 그러네!"

"그렇지?"

하하하, 시마무라가 포기했다는 듯이 얼버무리며 웃었다. 나는 그런 시마무라의 앞으로 미끄러져 들어가듯이 이동해 앉았다. "오오?" 그 기세에 놀란 시마무라가 몸을 일으켰다.

바다표범을 포함해 네 개의 눈동자가 나를 포착했다. 아니, 바다표범은 그렇다 치고.

둘이서 지내는구나, 앞으로 계속.

서서히 다가온 감정이 화악 나를 뒤엎었다.

"자, 잘 부탁합니다."

그 기세 그대로 고개를 숙였다. 시마무라가 바다표범 봉제인형을 옆에 놔두고 자세를 고쳐 앉았다.

"나도 많이 부탁을 하게 될 테니, 각오해 둬."

생긋, 어린아이 같은 웃음을 짓는 시마무라가 나를 내려다보는 가운데, 내 마음속에 전원이 들어오는 감각이 느껴졌다. 열이 각 부분에 불을 들어오게 했고, 그러고도 남은 그 열이 빠져나갈 곳을 찾아 뺨과 귀를 태웠다.

이래서는 부탁을 하면 얼마든지 다 들어줄 듯했다.

시마무라의 부탁은, 기원이나 신탁처럼… 나보다 하나 높은 경지에서 오는 무언가처럼 느껴졌다.

"일단은, 먼저 차라도 가져와 달라고 부탁할까."

"네!"

시마무라가 팔짱을 끼고 명령하자마자 나는 벌떡 일어나 달려갔다.

"아다치~ 농담이야~"

알고 있었다. 그래도 달렸다.

그건 아까부터 나 자신이 시마무라에게, 마치 강아지처럼 행동했던 부끄러움을 숨기기 위해서였을지도 모른다.

여기에서 더는 어디로도 돌아가지 않아도 된다는 그 감각에,

생각과는 달리 아직도 조금 당황스러움을 느끼고 있었다.

　욕조 안에서 물을 가르고는 물이 묻은 팔을 바라보면서 감정의 반짝임에 혼란스러워했다. 0의 지점이 쿠구구 위로 솟아올라 어긋나는 듯한… 아직 세밀한 수정은 못 하고 있는 듯했다. 희망도 초조함도 모두 보글보글 솟구쳐서 마음은 미세하게 계속 요동쳤다.

　오늘부터 시마무라가, 내가 돌아가야 하는 장소다.

　이 욕조의 물도 시마무라가 먼저 들어갔다 나온 목욕물이다.

　"아아….

　아아, 같은 말을 하고 있을 때가 아니다.

　현기증이 나기 전에 밖으로 나가기로 했다.

　옷을 입고 머리카락을 타월로 만 채 거실로 나가 보니, 시마무라의 모습이 보이지 않았다. 하지만 무언가 소리는 났다. 소리가 나는 곳으로 이끌려 가 보니, 시마무라는 침실의 옷장을 열고 안을 들여다보고 있었다. 뭔가 싶어 그 뒤로 돌아가 보니, 시마무라가 손에 들고 있는 옷은 파란 차이나드레스였다. "호오호오." 하고 천을 쓰다듬는 손길에 지금은 그 옷을 입고 있지 않은데도 왠지 쑥스러웠다.

　"그, 그게 왜?"

　"청춘이 느껴졌어."

　"응….

듣고 보니 청춘을 상징하는 한 벌일지도 모른다. 이 차림으로 동네를 걸어 다니고, 부메랑을 던지고, …던지고. 등등, 여러 활동을 했었나. 추억의 한 벌이다.

입을 수 있을 때 입어 두라는 말을 들었지만, 역시 평상복으로 사용하기는 힘들다.

시마무라는 나를 위아래로 확인해 보듯 바라보더니 제안했다.

"다음에 오랜만에 한번 입어 보지 않을래?"

"엣?"

"아니지. 매년 크리스마스 때 보고 있으니 오랜만은 아닌가?"

"그러네…."

왜 매년 약속한 것처럼 입게 되었는가. 왜냐면, 선택한 사람은 나지만. 처음에 차이나드레스를 입고 가자고 결정한 날의 심경은 기억하고 있지만 떠올릴 수 없었다. 결과는 기억해도 과정이 너무 애매했다. 2년째 이후에는 더욱 자세한 기억이 잘 떠오르지 않았다.

"어, 그… 가끔은 시마무라도 한번 입어 볼래?"

소매를 당기면서 문득 한번 물어보니, 시마무라는 "흐음." 하고 아주 진지하게 고민하는 모습이었다. "으~응?" 하면서 위를 바라본 이유는, 입고 있는 자신을 상상했기 때문인지도 모른다. 나도 그걸 따라서 머릿속으로 시마무라에게 차이나드레스를 입혀 봤다. …다른 색이 더 잘 어울릴 거란 생각이 드는데 나만 그런가? 시마무라는 조금 더 따뜻한 색을 덧붙여야 빛이 날 듯했다.

"차이나드레스 하면 아다치라는 이미지가 있으니까."

"응?"

"그게 사라져선 좋지 않을 것 같아. 응."

시마무라는 그런 말을 남기고는 옷장을 닫고 소파로 가 버렸다.

잘 이해는 안 되지만, 시마무라만의 고집인 걸까?

내가 머리를 말리는 동안 시마무라는 다리를 뻗으면서 소파에 앉아 멍하니 있었다.

"졸려?"

"역시 오늘은 졸리네~"

하품은 하지 않았지만 눈은 가늘게 뜨고 있었다. 어린애 같아서 조금 귀여웠다.

"그래도 열심히 노력해 대충 다 끝내 뒀으니, 내일부터는 편하겠어~"

말끝을 늘어뜨리면서 시마무라가 전체적으로 흐물흐물해졌다. 귀엽다.

귀엽지 않은 시마무라는 아직 한 번도 본 적이 없다.

"이제 슬슬 잘까?"

"응."

거실의 불을 끄고 빠른 걸음으로 둘이서 나란히 침실로 갔다. 하루에 걸쳐 정리한 방에는 어제와는 달리 침대가 제 기능을 충실하게 하고 있었다. 커다란 침대가 하나. 여기에서 둘이 잔다. '둘이'라는 부분에서 뻗은 손끝이 저릿했다. 침실의 어둑어둑함이 눈 안쪽을 어질어질하게 만들었다.

시마무라는 이미 눈이 반쯤 감겨 있어, 전혀 긴장한 모습이 아니었다.

하룻밤 동안 침대를 점거하고 있던 바다표범 봉제인형은 구석에 있는 작은 책상 위에 자리를 잡고 우리를 바라보고 있었다. 살짝 시치미를 떼는 얼굴인데, 따로 이름이 있을까? 그리고 그 옆에는 작은 곰 액세서리가 나란히 놓여 있었다. 시마무라가 가방에 달고 다니던 액세서리다. 저만큼 바다표범 가까이에 바짝 놓아둔 걸 보면 특별한 감정이라도 있는 물건인 걸까?

먼저 침대로 파고든 시마무라가 베개의 위치를 조절했다.

"굳이 자는 시간을 맞춰 줄 필요는 없는데."

바짝 다가온 나에게 시마무라가 그렇게 배려하는 말을 해 주었다. 분명 배려겠지.

"시마무라가 잠들면 할 일이 없으니까."

"그것도 그런가."

몸을 돌려 머리를 올린 시마무라가 베개를 베고는 "좋아." 하고 만족스러워했다.

"잠꾸러기인 나를 용서해 줘."

"어? 전혀… 어어, 요, 용서합니다."

"고마워~"

아주 가벼운 감사의 말을 받게 되었다. 덮는 이불을 끌어올리면서 시마무라가 완전히 잠자는 자세가 되었다. 나도 그 모습을 따라 이불에 들어갔지만 솔직히 말해 아직 졸리지 않았고, 팔다리가 뜨거웠다.

이불 끝으로 발이 나와 있어, 베개에 잠긴 머리의 위치를 바꿨다.

"내일은 장을 보러 가야겠어. 냉장고를 가득 채우자."

시마무라가 말해 준 내일 일정을 듣고 "응." 하고 동의했다.

그것만으로도 같이 생활한다는 느낌이 들어 머리가 부예지며 공중으로 떠오르는 듯했다.

기껏 말린 머리카락의 표면에 또 뜨겁게 열기가 올라왔다.

눈을 다 감기 전에 시마무라가 나를 바라보았다.

"잘 자."

"응, 잘 자."

그 온화한 목소리는 마치 내 손바닥을 간질이는 듯했다.

내가 숨을 쉬는 사이사이에 시마무라의 조용한 숨결이 뒤섞였다. 무의식중에 눈을 감지 않고 옆을 엿보고 말았다. 누워서 움직이지 않는 시마무라. 그 머리카락이 조금 귀에 걸려 있었는데,

166

작은 머리의 움직임에 맞춰 그게 흘러 떨어지는 모습에 어째서인지 가슴이 뭉클했다.

"아직도 무슨 행사에 참가한 기분이야."

중얼거렸지만 반응은 없었다. 시마무라는 어느덧 푹 잠이 든 모양으로, 작은 숨결과 함께 어깨도 같이 흔들렸다. 이불에 들어가면 대체로 5분 만에 잔다고 전에 말했던 적이 있는데, 약간의 겸손을 곁들인 말이었던 듯, 실제로는 3분도 걸리지 않았다. 컴컴한 곳에서 시마무라만을 생각하며 매일 수면 부족에 빠졌던 내 삶과는 대조적이었다. 시마무라는 자기 전에 무슨 생각을 할까.

내일 같이 외출하는 장면을 상상하면서 잠들어 주었다면 좋겠다는 생각을 한다.

나도 이제 자려고 딱딱하게 굳은 어깨를 풀고 천천히 팔을 뻗으며 숨을 내쉬었다.

시마무라가 옆에 있는데 특별히 아무것도 하지 않은 채 잠을 자기가 조금 아깝게 느껴졌다.

하지만 또 내일이 있으니 괜찮다며 위를 바라보았다.

내일도 있고 모레도 있다. 앞으로 나에게는 시마무라와 함께하는 하루하루가 기다리고 있다.

"아다치 내비, 슈퍼 위치를 알려 줘."

"어~어, 이대로 똑바로."

"좋아, 잘 했어."

시마무라의 대답은 기분 좋은 목표를 향해 가듯이 똑바로 달려갔다.

집을 보러 가거나 계약을 위해서 걸어 본 적은 있지만, 실제로 생활을 하면서 동네를 걷는 건 처음이었다. 서로 취직한 직장까지의 통근 거리도 고려해 선택한 이 장소는 우리가 살던 곳보다 전체적으로 조금 건물이 높은 편이다.

이 길을 걸어가면 대학이 있어 그런지 스쳐 지나가는 사람들의 얼굴이 모두 젊어 보였다. 완만한 언덕처럼 굴곡이 있는 길을 둘이서 걸었다. 고등학생 때의 하굣길과는 달리 더는 헤어질 일은 없었다.

당연하다는 듯이 꼭 맞잡은 시마무라의 손에서 전달되는 열이 봄을 넘어 초여름을 싹틔웠다.

전에 살던 곳에서 전철을 타고 한 시간 반. 머나먼 거리라고는 할 수 없지만, 부모님의 목소리가 들리지 않는 장소로, 결코 아는 사람이 스쳐 지나가지도 않는다. 시마무라와 나란히 걷다가 시마무라와 함께 집으로 돌아간다.

보폭을 딱 맞춰 걸어 떨어질 일도 없다.

"아다치는 뭘 사고 싶어?"

"어, 어어, 빵."

"빵. 오호, 중요하지. 그 외에는?"

"무, 물?"

"그렇게 말할 줄 알았어."

시마무라가 희망이 이루어졌다는 듯이 웃었다.

시시한 대답인데, 시마무라의 기대에는 부응한 듯해 마음이 복잡했다.

"아다치는 빵을 먹는 식물이구나."

"엥?"

물을 계속 찾는 나를 보고 시마무라가 웃었다. 빵을 베어 무는 꽃들을 상상했다.

"무서운데."

"그래도 훌륭히 자랐잖아. 신기해."

시마무라의 손이 내 머리 위로 올라갔다. 키 차이는 만났을 때랑 거의 변하지 않았다. 내가 조금 더 큰 편이다. 내 눈에는 언제나 시마무라가 더 크게 보이지만.

"그건."

말을 하려고 하는데 목이 아팠다.

"그건? 그건?"

시마무라가 가벼운 말투로 재촉했다. 아무것도 닿지 않았는데 뺨과 턱을 누가 쓰다듬는 듯한 기분이 들어 왼쪽 어깨가 상기되기도 하고, 흔들리는 머리카락이 시야를 살짝 가리기도 해서, 그래서.

"그건, 엄마 덕분… 일지도 몰라…."

어린아이가 솔직하게 말하기 힘들어 입을 우물거리는 것처럼 내 목소리는 어색했다.

여기에 없는데도 무심코 시선을 피했다. 피한 채 걷다가 잠시 후에 시마무라를 봤는데 눈이 마주쳤다.

"그래, 그렇구나."

시마무라가 마치 자랑스럽다는 듯이 나를 올려다보며 눈을 가늘게 떴다.

그런 이야기를 하며 슈퍼에서 당분간 먹을 음식을 샀다. 나는 시마무라를 따라다니며 바구니에 상품을 넣을 뿐이었다. 하지만 색채가 화려한 과일과 야채를 앞에 둔 시마무라는 즐거워 보이고, 조금 어린 티가 나서, 나로서는 그걸 바라보는 것만 해도 충분했다.

그것이야말로 내가 원하던 일이었다.

그리고 돌아가는 길에 들른 편의점에서 시마무라는 주간지를 들고 표지를 확인한 다음 그걸 구입했다. 정기 구독을 하는 것도 아닌 그 주간지가 무엇인지 집에 가서 물어보니.

"아는 사람 이름이 표지에 나와 있어서."

소파에 앉아 팔랑팔랑 넘기며 훑어보던 시마무라의 손이 주간지를 활짝 펼친 채 멈췄다.

옆에서 들여다봤지만, 나로서는 내용을 봐도 잘 알 수가 없었
다.

"오, 정말로 실렸네."

컬러 페이지에 고등학생 정도 여자아이의 사진이 나와 있었
다. 익숙지 않다는 듯이 옷이 어깨에서 살짝 어긋나 있었고, 긴
장을 했는지 눈을 일부러 번쩍 뜬 얼굴로, 정지된 사진인데도 빙
글빙글 돌고 있는 듯한 사람이 보였다. 작은 몸집으로, 방치된
듯한 긴 머리카락을 묘한 머리핀으로 고정해 두었다.

머리핀에는 연수중이라고 적혀 있었다.

"아는 여자아이…."

"여자아이? 아아, 응."

시마무라가 헤실헤실 웃었다. 뭐가 이상한가?

"생각보다 훨씬 유명하구나…."

소개에 따르면 도예가라고 한다. 어디서 알게 된 사람일까. 그
리고 어떤 사이일까.

"우우."

"아다치, 왜 그러니?"

이거이거. 분명 앞으로 삐죽 나왔을 입술을 시마무라가 꾹 눌
렀다.

"어디서 알게 됐어?"

이렇게 젊은 사람과 만날 기회는 그리 많지 않으리라 생각한다. 내가 알지 못하는 시마무라에게 위기감을 품자, 시마무라는 "어디냐니, 시골집의 이웃집."이라고 하며 눈을 깜빡였다. 그리고 눈치챘다는 듯이 "아아." 하고 나의 삐죽 나온 입술을 붙잡았다. 나는 심장과 어깨를 동시에 제압당한 사람처럼 움츠러들었다.

"어떻게 할까. 분명 오해하고 있겠지만 그건 그거대로 재미있는데."

오해라니, 뭐가? 그런 말을 하고 싶어도 입술이 완전히 닫힌 상황이라 제대로 발음을 할 수 없었다.

농담 같지만 의외로 강력한 행동이었다.

"하여간 그거야, 기분 풀어."

생긋 웃는 시마무라에게 대답을 하려고 해도 아직 입술은 굳게 닫힌 상태였다. 점점 숨을 쉬기가 힘들어졌다.

"음~ 음~"

눈과 목소리로 호소하자 시마무라가 "아, 맞아. 그랬지." 하면서 자신이 어떤 행동을 했는지 눈치챈 듯했다. 입술이 자유로워졌다. 그리고 시마무라가 내 얼굴을 가만히 바라봐서 나는 절로 몸이 움츠러들려고 했다. 뭘 보고 있는지 그 의도를 파악하려고 하는데.

"안경을 쓴 아다치의 모습에도 많이 익숙해졌네."

아아, 하면서 안경테를 건드렸다. 언제부터인가 집에서 무언가를 볼 때는 안경을 쓰게 되었다. 파란색 테의 안경. 점술사가 행운의 컬러가 파란색이라고 해서 골랐다. 몇 번 점을 볼 때마다 파란색이라고 말했던 것 같다.

시마무라가 내 안경을 벗기더니 자기가 직접 써 보았다. 어때? 그렇게 말하듯이 쭉쭉 안경을 위로 올렸다.

"잘 어울려."

"아다치는 인사치레 빈말도 능숙해졌어."

웃으면서 시마무라가 안경을 돌려줬다. 나는 그걸 받아서 케이스에 넣었고, 시마무라도 잡지를 덮었다.

"우리도 다음 주부터 일하러 다니는구나."

다리를 뻗은 시마무라가 진지하게 말했다. 그다음 천천히 한숨.

"일이래."

"응? 응."

"아르바이트는 많이 해 봤지만 그것보다 더 중대한 일이구나…. 에구구야."

시마무라도 대학에 다니는 동안에는 아르바이트를 했다. 나도 이런 일 저런 일을 하면서 고등학교 시절의 저금과 합쳐 새로운 생활을 위한 초석을 다졌다. 당시에는 전혀 떠오르지 않았던 돈의 사용처.

별생각 없이 시작했던 아르바이트도 긴 시간을 거쳐 의미를 손에 넣었다.

미래가 과거를 변화시키는 것도, 모순되지만 가능한 일인지도 모른다.

"아다치의 월급이 더 많은 모양이니까, 기대할게."

툭툭 시마무라가 어깨를 두드렸다. 나와 시마무라의 직장은 달랐다. 같은 직장에서 일하는 건 의외로 어려운 일이고 무엇보다 직장이 같아선 내가 제대로 일을 못 하겠지.

"열심히 벌어서, 어~"

"해외여행."

"응, 그거."

시마무라의 눈이 빛나는 돌을 발견한 것처럼 팟 하고 꽃을 피웠다. 분명 나도 마찬가지 아닐까.

우리는 꿈을 공유하고 있다.

시마무라와 마음이 연결되어 있다는 사실을 확실히 느낄 수 있는 귀중한 바람이었다.

"아다치는 전체적으로 나보다 뛰어나지?"

"어? 아냐, 전혀."

전혀전혀, 그러면서 머리와 손을 가로저었다. 더 뛰어난 점이 무엇인지 하나도 생각나는 게 없었다. 거짓 없이 진심으로. 시마무라에 비해 패기도 없고 미덥지 못하고 흐물거리는 그 모습에

174

는, 지금까지도 그랬지만 앞으로도 어처구니가 없을 뿐이겠지.

"학교 성적도 그렇고, 미인이기도 하고."

부러워~ 시마무라가 내 코앞에서 손가락을 빙글빙글 돌렸다. 성적은 몰라도.

"아냐, 시마무라가 훨씬 예뻐."

"후후. 과연 그럴까?"

"정말이야, 정말."

무심코 몸을 일으키려고 하다가 하마터면 서로 이마를 부딪칠 뻔했다. 그토록 가까운 곳에서 봐도 시마무라는 여전히 아름다웠다. 얼굴이 뜨겁게 달아오르기 전에 기세를 살려 말했다.

"나에게는 시마무라가 제일 아름다워."

"…으음."

시마무라가 굳은 표정으로 작게 고개를 끄덕였다. 혹시 쑥스러워하는 건가? 이런 일은 드문데.

"뭐, 아름답다는 말을 들으니 기분이 나쁘진 않아."

뷰티풀, 하고 말하며 시마무라가 머리카락을 쓸어 올렸다. 그리고 무슨 생각을 했는지 가만히 내 눈을 들여다보았다. 뺨이 두세 번 스칠 듯한 거리에서 빛의 고리가 시야의 중심에서부터 주위로 퍼져 나갔다.

그 이후에 무슨 일이 벌어졌냐면.

"으헤엑!"

시마무라가 내 코끝을 핥았다. 예상과 달라 크게 놀랐다. 시마무라는 맛이라도 보는 것처럼 눈을 이리저리 움직이더니 혀 위를 확인했다.

"화장품 맛이 나."

"그, 그거야, 당연히 날 수밖에!"

코끝이 바람의 온도를 민감하게 포착했다. 시마무라의 타액이 바람과 코의 가교가 되었다. 그런 나의 코끝을 봐서 그런지 시마무라가 즐겁다는 듯이 어깨를 흔들며 웃었다. 시마무라가 웃고 있다면, 시마무라가 코를 핥은 것 정도야 아무런 문제도 아니었다. 그런데 코를 핥다니 왜 그런 걸까.

발 위에 놓인 손가락이 피아노 건반이라도 두드리듯이 잇달아 통통 뛰었다.

시마무라는 웃으면서 여운을 즐기듯이 몸을 조금 흔들었다. 그 시마무라가 문득 무언가를 찾듯이 천천히 뒤를 돌아보았다. 그 동작에 이끌려 나도 돌아봤는데, 어중간하게 열린 문 너머로 현관이 살짝 보일 뿐이었다.

"뭐라도 있어?"

"아니… 작은 뭔가가 어른거려서…. 물론 여동생도 이제는 많이 컸지만, 그런 아이랑 같이 살고 있었으니까. 나를 바쁘게 찾아오던 발소리가 줄었다는 생각이 들어서."

시마무라의 목소리에 서운한 감정이 뒤섞였다는 걸 나는 놓치지 않았다. 최근 몇 년은 느슨하고 온화해서 본심을 잘 드러내지 않는 시마무라의 작은 변화마저도 감지하기 위해 존재했다고 해도 과언이 아니다. 나는 그런 정서를 오랫동안 무시하며 살아왔으니 어쩌면 영원히 남들 수준에는 이르지 못할지도 모른다.

시마무라네 여동생. 나를 원망하고 있을까? 내가 같은 입장이었다면 분명 내가 싫었겠지.

아니, 처음부터 싫어했다고 해도 이상하지 않은가.

같이 살자고 제안한 사람은 나고, 시마무라는 좋다고 말했지만 실제로는 어땠을까 싶어 그 얼굴을 들여다보았다.

"쓸쓸해?"

"쓸쓸하다고 할 정도는… 아니, 조금 쓸쓸하긴 한가. 응, 쓸쓸해."

부정하려고 했던 그 말을 되돌리듯이, 시마무라가 미소 지으며 인정했다.

"…내가 있어도?"

그 질문을 하면 시마무라가 조금 난처하게 되리란 걸 알면서도 나는 물어보았다.

"응. 아다치가 있어도."

어물쩍 넘어가지 않고 시마무라가 솔직하게 대답하며 계속 말했다.

"아다치는 가족이 아니니까, 메워 줄 수 있는 마음의 장소가 조금 달라."

여기야, 라고 말하듯이 시마무라가 자기 가슴의 중심을 두드렸다. 나도 무심코 시마무라의 가슴 부근을 바라보았다.

다른 뜻은 없었다.

"내 마음에는 구멍이 많이 뚫려 있어서, 그곳을 아다치가 메워 주고, 가족이 메워 주고, 또 개가 메워 주기도 하고, 수상한 생물이 메워 주기도 하고… 많이 필요한가 봐. 욕심쟁이라서."

시마무라가 손가락을 꼽으며 말했다. 그 손가락의 움직임을 바라보면서 나는 남몰래 검지만을 폈다.

나는 시마무라가 딱 붙어 있어 준다면 다른 사람은 아무도 필요 없었다.

반으로 잘린 사과의 단면처럼.

하지만 시마무라는 다르다. 작고 많은 구멍과 상처가 있다.

마치 달 표면의 모습 같을지도 모른다.

"아다치는 내 가족이 되고 싶진 않잖아?"

아주 조금 생각해 보고 그 말에 고개를 끄덕였다.

"나는, 시마무라의 첫 번째가 제일 좋아."

"아하하하. 그건 변함없구나?"

그립다는 듯한 웃음이라 그런지 웃음소리도 살짝 어리게 들렸다.

잠시 한 박자 쉬고, 시마무라가 내 목보다 조금 아래쪽을 가볍게 눌렀다.

"안 변했어. 아다치가 첫 번째야."

시마무라는 간단히 내 호흡을 멈추게 만들었다.

손가락으로, 입으로, 분위기로, 다정함으로, 변덕으로, …그리고 사랑으로.

"…응."

"그래도 이 쓸쓸함도 언젠간 익숙해지겠지. 사람의 마음은 아주 유연하니까."

더는 뒤를 돌아보지 않은 채 시마무라가 "흐음." 하며 눈을 이리저리 움직이더니.

"계속 조그마한 그건 조만간 함부로 나타날지도 모르지만…."

작은 목소리로 무슨 말인가를 덧붙이고는 자리에서 일어섰다. 그리고 냉장고로 다가가 캔주스를 두 개 꺼내 돌아와서는 그중 하나를 자리에 앉으며 나에게 건네주었다.

"방금 사 온 참이라 그런지 차갑지 않지만."

건네받은 그 캔의 표면을 만져 보니 온도는 사람의 살결에 가까웠다.

시마무라도 비슷하게 캔을 번쩍 들고는 생긋 이를 보이며 웃었다.

"이사 온 기념으로 건배할까 하고."

"아, 그런 얘기."

시마무라가 슈퍼에서 이걸 사 온 의미를 조금 뒤늦게 이해했다.

복숭아 주스. 탄산 없음. 술은 마실 수 있지만 마시고 싶다고 생각한 적은 없다. 시마무라가 전혀 못 마시기 때문이다. 둘이서 마개를 따고 천천히 서로의 캔을 가까이 접근시켰다.

"아다치는 뭐에 건배할 거야?"

"시마무라에."

망설임 없이 말하자, 시마무라의 쑥스러운 웃음과 함께 캔이 부딪치는 소리가 겹쳤다.

"그럼 난 아다치에 건배할게."

마시면서 가볍게 축복을 받았다. '그럼'이란 말이 조금 마음에 걸리지만, 축복을 교환할 수 있었으니 그것으로 충분하다는 생각도 들었다. 나도 캔을 기울여 한 모금 주스를 마셨다. 혀 위를 달콤함이 흘러 지나갔다.

여름의 메마른 도로에 물을 뿌린 듯 스며들었다.

"맛있어?"

"달아."

평범한 감상을 말했을 뿐인데, 시마무라는 어째서인지 크게 웃었다.

"왜 웃어?"

"이상해서."

응. 응? 캔을 바라보았다. 분명 복숭아 주스다. 달콤한 맛에 거짓은 없었다.

"아다치는 감정이 아주 풍부한데, 맛에는 놀랄 만큼 무관심하니 그게 이상했어."

"무관심하진… 그럴지도, 무관심할지도 모르지만."

"맛있다는 말보다 먼저 달다는 말이 나오는 것도 재미있어."

그런가? 고개를 갸웃했다. 잘 모르겠다. 실제로 거의 아무런 흥미도 없으니.

하지만 그건, 그러니까, 무슨 말이든 하고 싶었다. 어쩌지.

시마무라를 조금 쑥스럽게 만들고 싶었다. 그 마음을 밀고 나가 보고 싶었다.

"시, 시마무라 외에는 흥미가 없으니까."

"알아."

시마무라가 시원한 태도로 받아넘겼다. 그리고 캔에 입을 댄 채, 가만히 나를 마주 보았다. 스르르. 혀에 남아 있던 달콤한 맛이 다른 형태로 눈과 귀를 향해 올라가는 느낌이 전해졌다. 나도 캔에 입을 대고 있다간 곧 내뿜어 버릴 듯했다.

그런 내 반응을 보고 시마무라가 만족스럽다는 듯이 히죽 하고 웃었다.

이 온화한 '말싸움'에서 내가 이긴 적은 한 번도 없다.

주스를 건배한 다음에는 시마무라가 두드린 손에 이끌리듯이 무릎베개를 베고 누웠다.

　대형견을 부르는 듯한 손놀림을 보고는 마음에 걸리기도 하고 안 걸리기도 하고 그랬지만 거절하지 않는다. 소파 위에 누웠는데, 예전보다 길어진 머리카락의 길이가 눈에 들어왔다.

　"뭔가."

　"뭔가?"

　"더는 바랄 게 없을지도."

　시마무라의 허벅지에 얼굴을 묻으면서 그런 감상을 흘렸다.

　"내일은 아다치가 무릎베개를 해 줄 차례네."

　"응…."

　시마무라의 향기가 목을 타고 내려가 머리카락 끝에 닿아 아주 살짝 무거워진 착각과 함께 몸을 오싹거리게 했다. 행복을 형태로 나타낸다면, 이런 정체 모를 충격이 되는 걸까.

　"따뜻해."

　"봄이니까."

　"봄보다도."

　따뜻하다. 흐르는 피에 직접 따뜻한 눈이 녹아내리듯이.

　"응. 나도 왠지 따뜻한 느낌이야."

　내 등을 쓰다듬는 시마무라의 목소리가 부드러웠다. 시마무라도 안심이 되는 걸까.

　높아진 고동이 점점 진정되어 일정한 리듬을 새기게 되었다.

그걸 멍하니 확인하고 있는 것만으로도 영원한 시간을 보낼 수 있을 듯했다. 질릴 일 없이, 언제까지나.

영원이란, 이렇게나 가까운 곳에 있다.

시마무라는 그 이후로 계속 아무 말 없는 상태로, 말은 필요 없다는 생각도 들었지만 그래도 그 목소리를 듣고 싶어 시마무라 하고 부르며 올려다보았는데 그제야 침묵의 의미를 알게 됐다.

"…먼저 잠들어 버렸네."

앉은 채 시마무라의 머리가 흔들리고 있었다. 잡아 주고 싶어도 누워 있는 상태라 지켜볼 수밖에 없었다. 천장의 무늬와 겹쳐 보이는 시마무라의 머리카락을 좇는 사이에 의식과 시야가 흐릿하게 멀어져 갔다.

졸음이 아니라 만족감 때문에.

태양을 가리며 나를 뒤덮는 커다란 이파리를 올려다보는 기분이었다.

있을 리가 없는데, 온화하게 나를 감싸 주는 듯한 바람마저 느껴졌다.

물결의 영원함을 맛보듯이 몸은 기분 좋은 시간에 흔들리고 있었다.

이런 일이 이제는 당연해진다.

아침에 일어나 보면 시마무라. 장을 보러 갈 때도 시마무라.

눈을 감아도 떠도 시마무라.

앞으로는 무슨 일을 하든 시마무라가 있다.

내 곁에.

"아아…."

그러니까, '아아'가 아니다.

"좋아…."

어휘는 포기하고, 깊고 조용히 행복의 말을 흘렸다.

"아다치는 언제 잘 거야?"

"응? 어, 언제든 상관없는데."

한밤중, 같이 앉아 주변 시설에 관해 이야기를 하다가 시마무라가 갑자기 확인을 하듯이 그런 질문을 했다.

"언제든이라~"

"응…."

"그럼 지금 바로 자자."

힘차게 선언하더니 시마무라가 휙휙 팔을 앞뒤로 흔들며 침실로 들어갔다.

확인을 해 볼 필요가 있었나?

낮에도 꽤 많이 자지 않았나 하면서도 나는 시마무라를 바짝 붙어 따라갔다.

"아, 역시 오는구나."

시원스럽게 움직이던 시마무라가 잠시 멈췄다.

"해야 할 일이."

"없구나."

"시마무라랑 같이 있어야 한다는 해야 할 일이… 있어."

그건 그 무엇보다도 가장 우선해야 할 일이었다. 시마무라가 "음음." 하고 대충 고개를 끄덕였다.

"그래, 그건 그래. 직장에 다니기 시작하면 같이 잘 수 있는 기회도 줄어들지 모르니까."

그거다. 당연하지만 본격적으로 직장에 다니기 시작하면 시마무라와 함께 있을 시간이 줄어든다. 그러니까 가능할 때, 할 수 있는 일을 해 둬야 한다. 그런 이유로 시마무라의 뒤를 계속 쫓아 다니고 있을 뿐, 내가 무슨 개처럼 주인에게 착 들러붙어 있는 건 아니다. …아니다.

어젯밤과는 달리 오늘은 시마무라도 차분하게 이불 속으로 들어가니 어제와는 또 다른 긴장감이 들었다. 긴장하고 있다고 인식하고 있는데도, 중지 부근에 경련이 일어났다. 긴장을 풀면 오른팔과 오른다리가 동시에 앞으로 나갈 것만 같았다. 그런데 그래야 더 걸음이 안정될 듯한데 왜 그런 걸까?

"아, 화장실 갔다 와야겠어."

시마무라가 갑자기 목적지를 바꾸더니 현관 옆의 화장실로 갔다. 남겨진 나는 타박타박 혼자 침실로 들어가 어디서 기다릴까 하며 어슬렁거리다가, 결국에는 침대 위에 무릎을 꿇고 앉아 기다리기로 했다.

주로 사용하는 팔의 위치 탓인지 자연히 나는 침대의 오른쪽에서 자게 됐다. 이 방에서는 창가 쪽이다. 커튼을 계속 쳐 둔 창문을 보고는 저편의 야경을 상상했다. 발이 빠른 빛 몇몇이 빠른 속도로 먼 곳을 향해 갔다.

"왜 무릎을 꿇고 앉아 있어?"

돌아온 시마무라가 의아한 듯 물었다.

"무, 무심코."

"의식한 것도 아닌데 바른 자세라니, 참 착한 아이구먼."

할머니처럼 말한 시마무라가 이불 위로 올라와 나랑 똑같이 무릎을 꿇고 앉았다. 그렇게 무릎을 꿇고 앉아 이불 위에서 마주 보는데 여러 가지로… 그래, 여러 가지 생각이 떠오르기도 하고, 상상이 되기도 해서, 눈이 빙글빙글 돌았다. 별로 그렇지는 않은데? 하고 뜨거워진 귀가 제멋대로 변명처럼 중얼거렸다. 귀가.

"자, 잘 부탁드립니다!"

그리고 같이 살게 됐는데도 인사를 깜빡했다는 사실을 인지하고, 혼란스러운 나머지, 호들갑스러운 인사를 하고 말았다. 시마무라도 굳어 버렸다.

"나야말로."

시마무라가 살짝 오싹한 듯 물러서며 이불을 젖혔다. 그리고 다리를 이불에 넣으면서 살짝 거리를 두는 느낌이 들었다.

"깊은 의미는, 없어."

"그런가?"

시마무라까지 말투가 조금 이상했다. 나로서는 그렇다고, 웅얼웅얼 대답하는 게 고작이었다.

"앗, 깜빡했다."

시마무라가 조명을 보고는 뒹굴면서 이불 밖으로 나왔다. 그러더니 엉거주춤하게 달려갔다.

"불 끌게."

"응."

딸각, 불을 끄는 소리와 함께 밤이 내려왔다.

타다다닥, 하고 시마무라가 뛰는 소리가 났다. 그리고 다시 이불로 돌아가 베개에 머리를 묻은 시마무라의 그 느슨해진 얼굴 표정을 가만히 바라보았다.

"시마무라는 잘 때면 행복해 보여."

"그런가? 거울 앞에서 잔 적이 없어 모르겠어."

시마무라가 자신의 뺨을 잡고는 흐물흐물하게 구부려 보았다. 음~ 그런 소릴 내는 걸 보면 특별한 감상은 없었던 모양이다.

"그런데 밤에 잘 때는 마음이 놓이지 않아? 아아, 오늘도 무사히 끝났구나 싶어서."

"나는… 내일을 생각해서 그런지 마음이 진정되지 않았어."

시마무라랑 이것도 하고 저것도 하자고 생각하느라 매일 버둥거렸다.

"내일이라. 내일은 있지, 빨래랑 청소가 기다리고 있어."

아하하, 하하, 하고 시마무라의 평탄한 웃음소리가 이리저리 움직이는 눈과 함께 떠올랐다가 사라졌다.

"밥도 만들어야 하고, 장도 봐야 하고, 거기다 출근도 시작돼. 살아가기 위해 해야 할 일이 화~악 늘어서… 맞아, 열심히 노력할 수밖에 없어. 응, 열심히 노력하기 위해 그만 자자."

시마무라가 전혀 열심히 할 생각이 없는 모습으로 모든 것을 받아들였다.

시마무라와 그대로 마주 보았다. 누가 먼저 시선을 돌리는가, 누가 먼저 눈을 감는가 대결이라도 펼치듯이 서로의 눈동자가 계속 서로를 비추었다. 시마무라의 눈 안에 내가 있었다. 그리고 내 눈 안에도 시마무라가 있었다. 무한히 반복되는 우리 둘 사이에 나와 시마무라만의 세계가 만들어졌다.

"착하지, 착하지."

시마무라가 내 머리를 쓰다듬었다. 나를 향해 뻗은 팔의 그림자가 내 시야를 반쯤 가렸다.

"갑자기, 뭐야?"

"가만히 보고 있기에 이렇게 해 주길 원하나 해서."

우우. 순간 입술을 삐죽였지만, 곧장 생각을 고쳐먹었다.

"해 줬으면 하고 바라진 않았지만, 해 줘."

"아다치는 가끔 선문답을 하더라?"

어려워, 하고 중얼거린 시마무라의 목소리는 수면의 파문처럼 균등하게 퍼져 나가 아름답게 들렸다.

밤과 내가 같이 녹아내리면서, 잠들기까지의 시간이 채워져 갔다. 물을 주입하듯이 천천히.

이게 시마무라와 함께 살아간다는 거구나.

기쁘게, 부드럽게, 가라앉아 가는 듯했다.

시마무라는 고급 이불 같았다. …조금 더 시적인 예시는 없었던 걸까?

부드럽다… 두부… 스펀지… 포기했다.

여기까지.

"………………."

시마무라의 손은 아직도 나에게 닿아 있었다.

연결되어 있다. 시마무라와.

나는 다른 누군가와 살아갈 수 없는 인간이다.

만난 사람들은 대부분 결국엔 나를 좋아하지 않았다. 그건 대체로 나에게 원인이 있다고 할 수 있었는데, 관심이라는 다리가 금방 걸리지 않았고, 걸렸다고 해도 원활히 건널 수 없어서, 고생하는 사이에 모두가 떠나갔다. 그리고 나는 그 사람들을 뒤쫓지도 않고 터덜터덜 걸어갈 뿐이었다. 모두 내 잘못이다. 나의 그런 나쁜 점은 분명 평생 고칠 수 없겠지.

이미 꿈이 이루어졌으니까.

나는 다른 누군가와 살아갈 수 없는 인간이다.

나는 시마무라가 아니면 같이 살아갈 수 없는 인간이다.

그게 나의 소원과 바람과 미래와 욕망과 세포의 환희 모든 것과 일치한다.

살아가는 방식이 먼저고, 그곳에 나의 모든 것이라 할 수 있는 시마무라가 쏙 들어왔다.

시마무라와 함께가 아니면 살아갈 수 없는 내가 시마무라를 좋아하게 되고, 시마무라가 받아들여 주어 지금이 있다.

나는 너무나도 운이 좋은 사람이라는, 그런 생각이 들었다.

"시마무라."

"왜애?"

사랑.

"사랑해."

핏기가 모두 역류하는 듯한 감각과 함께 그렇게 중얼거렸다.

시마무라는 눈을 둥글게 뜨고는 환하게 얼굴을 일그러뜨리더니.

"아하하."

진심으로 즐겁다는 듯이 마구마구 내 머리카락을 헝클듯이 쓰다듬었다.

시마무라라는 요람 안에서 하루가 끝났다.
이런 행복까지 걸어온 내 다리에 나는 살짝 손을 올렸다.

'Stay of Hope'

집에 와 보니 엄마가 커다란 다람쥐의 무릎을 베고 있었다.

"뭐 해?"

"으응? 어머, 어서 오렴. 정말로 왔네."

"호호호."

자세히 보니 다람쥐 인형 잠옷을 입은 사람은 야치~였다. 꼬리가 쓸데없이 컸다.

인형 옷 종류가 날이 갈수록 늘어나는 듯했다.

야치~는 휙휙휙, 하고 바쁘게 손을 움직이며 엄마의 머리카락을 가르며 헤치고 있었다.

얘 말이야. 엄마가 누워서는 야치~를 가리키며 말했다.

"여러 가지 시도해 본 결과, 흰머리 뽑기랑 그릇을 식탁에 놓는 일은 가능하다는 사실이 밝혀졌어."

"대발견이군요."

야치~는 아주 의기양양했다. 코 대신에 앞머리가 삐죽 나와 있는 것처럼도 보였다.

"특히 흰머리 뽑기를 잘 하더라고. 쑥쑥 잘 뽑아."

"손가락의 길이와 굵기를 조정할 수 있기에 잘 하는 겁니다."

"와아~ 손재주 좋네."

엄마는 평소처럼 적당히 듣고 흘려버렸지만, 야치~는 지금 엄청난 말을 한 것 아닌가? 야치~가 쑥쑥 엄마의 흰머리를 뽑자, 손가락 사이에서 흰머리가 흔들렸다.

"거의 다 뽑았습니다."

"거의라니, 무슨 말이니."

"전부 다 뽑으면 다음에 뽑을 기회가 없지 않습니까."

"어차피 금방 또 나거든요? 쳇."

"어? 그런가요? 그럼 전부 뽑겠습니다."

휙휙휙, 야치~가 쓰다듬는 듯한 손길로 흰머리를 제거했다.

"음, 수고했어."

"어머니, 약속한 그걸 주실 수 있을까요?"

자~ 엄마가 뭔가를 들더니 야치~의 입으로 가져갔다. 그것을 야치~가 덥석 하고 먹었다.

"냠냠."

"뭔데뭔데?"

"캐러멜."

일어선 엄마가 나한테도 캐러멜을 하나 주었다. "냠냠." 무심코 흉내를 내고 말았다.

캐러멜은 아몬드 맛이 조금 섞여 있었다.

"미니 씨도 어떠신가요?"

빈 다리 위를 야치~가 두드리면서 생글생글 웃었다. 야치~가 뻗은 발끝의 발톱은 머리카락과 똑같은 물색으로 물들어 있어 독특한 광택을 내뿜었다. 만지면 그 빛에 자신이 녹아들어 가는 게 아닐까 하는 생각이 들어 가끔 기분이 둥실거리기도 한다.

"난 흰머리 없어."

"눈부신 말을 다 하고."

이 녀석. 엄마가 갑자기 모자 위로 내 머리에 손을 대고 빙글 빙글 돌렸다.

"왜 그래~"

"젊어서 좋겠네. 누가 조금만 나눠 줬으면."

엄마가 마지막은 툭툭 머리를 가볍게 두드리더니 멀어져 갔다.

어린이는 흰머리가 없는 모양이다. 할아버지랑 할머니는 새하얀데. 멍하니 그런 생각을 떠올렸다. 머리카락도 나이를 먹는 건가? 언니한테는 흰머리가 얼마나 있을까?

"어 서 이 리 오 세 요."

야치~가 굴곡 없는 목소리로 재촉했다. 꼭 선풍기 앞에서 말을 하는 것 같았다.

어쩌지? 캐러멜을 삼킨 다음 조금 생각해 보고는.

그 손끝에 마음과 의식이 점점 이끌려 갔다.

"그럼, 기왕에 오라고 하니 가 볼까."

"네네, 어서 오시지요."

란도셀과 모자를 벗고, 야치~의 다리를 베고 벌렁 누웠다. 커다란 다람쥐 옆에 누워 있다니 꼭 동화 속 이야기 같다. 야치~ 옆에 있으면 조금 서늘하다. 1년 내내 변하지 않는 그 온도는 겨울 공기와는 달라서 신기하게도 기분이 좋았다.

올려다보니 야치~의 빛이 있었다.

언제 봐도 애절한 기분이 드는, 예쁘고 투명한 물색 반짝임.

그 반짝임이 미세한 알갱이처럼 천천히 나를 향해 떨어졌다.

그림자를 드리우며 내려다보면서 야치~가 후후후, 하고 기쁜 모습이었는데, 그걸 보고 깨달았다.

요즘에는 웃는 모습에도 종류가 있다는 사실을.

그 미소는 과자를 기대하는 표정이었다.

"미리 말해 두지만, 캐러멜은 없어."

"쿠~웅."

야치~가 알기 쉬운 모습으로 실망했다. 야치~는 뭘 하든 솔직하고 단순하다.

그리고 수수께끼투성이라는 모순으로 가득하다.

"호호호, 농담입니다. 어쩔 수 없으니 무료로 해 드리죠."

"와아."

하지만 그다음은 금방 찾아오지 않을걸, 야치~ 후후후.

"자, 흰머리는…."

"와앗."

야치~의 손가락이 내 머리카락 사이와 머리를 확확 바쁘게 오갔다. 미용실보다도 더욱 거칠었다.

"없군요."

"어린이한테는 없대~"

"아쉽군요."

야치~의 눈이 이리저리 움직이너니 좋은 생각이 떠올랐다는 듯이 번뜩이며 눈을 깜빡였다. 정말로 별처럼 빛이 났다.

눈동자는 퍼져 나가는 은하를 비추듯이 독특한 색으로 소용돌이쳤다.

나는 야치~의 이 눈보다도 아름다운 것을 틀림없이 앞으로도 발견할 수 없겠지.

"그럼 미니 씨가 어른이 되면 제가 흰머리를 뽑아 드리겠습니다."

"음, 정말? 기대할게."

내가 어른이 되어도 야치~가 옆에 있는 모습을 떠올리자 목소리가 마음보다도 먼저 앞서 달려갔다.

야치~의 머리 너머에서 다람쥐의 커다란 꼬리가 즐겁다는 듯이 흔들렸다.

'Cherry Blossoms for the Two of Us'

내년에도 있다고 치고.

"있다고 치고."

중얼거리는 소리가 머릿속에서 포물선을 그렸다. 착지할 때, 돌멩이를 밟는 듯한 감촉이 느껴졌다.

매년 새로운 걸 생각하기는 힘들지 않을까. 발렌타데이 이야 기다. 이제부터 만약 매년 계속된다면, 몇 년이나 계속된다면, 아이디어가 4년째쯤부터 고갈되지 않을까 걱정하고 있었다. 아 다치는 매년 눈이 핑핑 돌 듯하니 그건 상관없지만, 나는 거의 돌아가지 않으니 어쩌나 하는 생각 정도는 들었다. 이불 속에서.

졸음은 새벽처럼 밝게 다가왔다. 이럴 때는 어둠 속에 잠기려 고 할 때와는 달리 쉽게 잠이 깬다. 새하얀 빛 속에서 눈을 감으 면 어느새 아침이 된다.

그런 날이 많은 걸 보면, 지금의 나는 상당히 좋은 환경에서 지내고 있는가 보다. 그런 감각을 만들고 있는 것이 무엇인가, 알고는 있지만, 모르는 척하며 작게 웃었다.

그런데… 뭐였더라? 그래, 맞아. 발렌타데이. 이제부터 오래 계속되니까 초코를 무난하게 건네주는 선에서 끝내면 아주 가성 비가 좋지 않을까? 올해는 전광게시판도 사용할 수 없으니. 아 이디어를 첫 번째에 다 쏟아부으면 그다음이 큰일이다.

"으~음."

옆 이불에서 여동생과 함께 자는 녀석은 당연하다는 듯이 빛나고 있었다. 불을 끄면 동굴 바닥처럼 어두워야 하는 방인데 조용하게 빛나고 있다. 일단 밤에는 배려를 하는 건지 밝기를 낮춘다. 바다 밑바닥을 비추는 듯한 검푸른색. 바라보고 있으면, 아무런 유래도 기억도 없는데 눈의 가장자리가 떨리는 듯했다.

아무것도 안 하는데 빛나다니, 연출이 간단할 듯해서 부럽다.

밤이라도 배경 삼아 반짝 빛나면 그것만으로도 감동적일 것 같았다.

나도 빛날까? 농담처럼 그런 생각을 하면서 눈을 감았다.

부드러운 빛은 눈꺼풀의 지평을 비추듯이 올라가더니 나를 감싸 주었다.

"머엉~"

그 뒤로 긴장을 풀고 있을 때, 가끔 타루미를 생각한다.

시간을 두고 서서히 나를 덮쳐 온다. 뭐 어때, 하고 그냥 흘려 넘기기에는 조금 큰 사건이었다.

그 이후에는 타루미에게 그림을 건네받고… 집으로 돌아갔다. 결과만 이야기하자면 그랬다. 나란히 걷지도 않고 보폭도 제각각으로. 헤어지기 전, 빌린 방한구와 옷을 하나씩 벗으며 돌려줄 때의, 무거운 돌을 내버리는 듯한 감각은 좀처럼 잊을 수 없다.

그때는 아무것도 할 수 없다고 생각했고, 실제로도 그렇지만, 그래도 그 외에 더 좋은 대처 방법이 있지 않았을까 정도는 생각한다. 타루미와 나. 둘 중에 누가 더 나쁜 사람인가 하면 분명 나일 테니까. 타루미는 세자리에서 맴돌기도 했지만 진지했다. 그것만큼은 확실하게 전해졌다.

나도 건성으로 대할 생각은 없었지만, 지금 생각해 보니 타루미와 함께 있을 때면 어딘가 모르게 머리가 멍했었다. 발밑이 불안정하고, 모든 대화가 꿈의 연속 같았다. 과거와 지금을 확실히 구분 짓지 못했기 때문인지도 모른다.

꿈같았으니, 어딘가 현실감이 없어서.

무게를 느낀 시간은 마지막의 교류 때로, 너무 늦어 버렸으니.

그러니까 이 결과는, 지금으로 이어지지 않은 결과도, 어쩌면 당연한 것인지도 모른다.

"…사이좋았는데… 어째서일까."

"왜 그러시나요, 시마무라 씨."

"음~ 조금 사춘기다운 고민을 하고 있었을 뿐이야."

"음음, 저한테도 그럴 때가 있었지요."

거짓말하지 마! 하고 웃었다. 1년 내내 먹는 일 외엔 관심도 없으면서.

"고민한다는 건 좋은 일입니다."

"그런가?"

"진지하지 않으면 고민을 안 하니까요."

그럴싸한 말을 했다.

"그럴지도 모르지."

"저도 오늘 점심은 뭘 먹을지 진심으로 생각하고 있습니다."

"네네."

평소와 다름없는 모습이라 웃었는데, 퍼뜩 정신이 들었다. 턱을 괴고 있던 손을 떼고 주변을 둘러보았다.

여긴 교실이잖아. 누구랑 이야기하고 있었던 거지?

다급히 주변을 확인했지만, 평소의 교실이 펼쳐져 있을 뿐이었다. 물색 머리는 없었고, 주변 아이들이 날 의심스러워하는 모습도 확인할 수 없었다. …졸음에 취해 멍해 있지는 않았던 것 같은데.

"요즘 그 녀석, 텔레파시까지 사용할 줄 알게 된 거 아냐…?"

한가한가? 하지만 조금은 기분이 풀렸다.

"무슨 일 있어?"

쉬는 시간이 얼마 남지 않았는데 아다치가 나한테 다가왔다. 무슨 일이 있긴 했지만, 어쩌지?

"지금 내 옆에 누구 없었어?"

일단 물어봤다. 아다치는 난처하다는 듯이 눈을 이리저리 움직이더니.

"내, 내가! …있어."

"응."

그런 대답이 오지 않을까 조금 예상을 했던 덕인지 나는 동요하지 않았다. 올바른 대답이라고는 할 수 없었지만 묘하게 만족스러웠다.

"그… 멍~하니 있었는데… 눈이 마주쳐서."

어머, 그랬어? 아다치가 내가 몰랐던 이유를 알려 주었다. 아무래도 아다치를 보면서 멍하니 있었나 보다.

입매가 움직이지 않았는지, 그게 걱정됐다.

그래도 결과적으로는 아다치와 이야기하는 시간이 됐으니, 나쁘지 않은 일이었다고 치자.

"그냥, 점심에 뭘 먹을까 생각했을 뿐이야."

"오늘은 도시락 없어?"

"있긴 하지만."

아다치의 머리 위로 천천히 이해할 수 없다는 의사가 모여드는 모습이 보였다.

"…뭘 먹을 생각이야?"

"도시락."

이 성과 없는 문답에 대한 아다치의 반응은 눈썹의 형태를 구부리는 것이었다.

"시마무라는, 가끔 알기 힘들어."

"후후, 미스터리어스한 여자거든."

"…방금 시마무라, 시마무라네 엄마 같았어."

"우엑."

종이 울려 아다치가 종종걸음으로 자기 자리로 돌아갔다. 자리에 앉아 나를 보기에 가볍게 손을 흔들자, 아다치는 조금 크게 손을 흔들었다. 내가 더 크게 손을 흔들면, 분명 아다치는 그것보다 더 크게 손을 흔들겠지. 항상 내 앞을 한 걸음 먼저 나아가는 여자, 아다치였다.

가끔은 열 걸음 정도 앞서서 달려간 다음 내가 서둘러 따라가지 않아 다시 돌아오기도 한다. 나는 그런 아다치의 머리를 무심코 쓰다듬고 싶어진다.

"하하하…."

흘러나오는 웃음소리를 확실히 자각할 수 있었다.

아다치와의 대화는 나에게 묵직하게 다가온다. 가끔 너무 무거워서 탈이기는 하지만.

그곳에 있다는 실감이 난다.

아다치는 마음을 확실한 형태로 만들 수 있는 아이인지도 모른다.

그런 일을, 아다치만을, 무심코 생각한다.

시간이 되어 교과서를 펼치니, 페이지 사이에서 물색 입자가 화악 떠오른 기분이 들었다.

"시마무라." 하고 말을 걸면서 발을 끄는 듯한 걸음으로 아다치가 내 발걸음에 맞추며 다가왔다. 방과 후, 평소대로의 흐름이다.

"오늘은 아르바이트 없어?"

아다치가 짧게 고개를 끄덕였다. 그리고 옆으로 바짝 붙어 가만히 기다리는 모습이 그야말로 멍멍이. 본인은 부정하지만 아다치는 언제 귀와 꼬리가 돋아나도 이상하지 않다.

"어디 갈까? 아니면 집에?"

"…그, 그럼 둘 다."

"욕심쟁이네."

하지만 그것도 괜찮나 하고 생각하며 자리에서 일어섰다. 그리고 문득 복도로 나가기 직전에 판초와 눈이 마주쳤다. 그러자 산초네 애들과 나란히 걷고 있던 판초는 순간 걸음을 멈췄다. 그 다음엔 나를 돌아보고는 엄지에 걸려 길게 늘어난 고무줄을 발사하는 듯한 자세를 잡았다. 물론 고무줄은 없었다. 에어 고무줄이다. 내가 난처해 하는 사이에 판초는 만족스러운 발걸음으로 떠나갔다.

뭐라고 표현하면 좋을까, 아주 유쾌한 같은 반 아이였나 보다.

"시마무라?"

"네네, 저는 시마무라입니다."

뇌 이외의 장소가 더는 버틸 수 없었다. 나는 아다치를 재촉해서 같이 복도 밖으로 나갔다. 복도는 얼음으로 이루어져 있는 것처럼 벽과 바닥에서 냉기를 뿜어낸다. 그냥 걷고 있을 뿐인데 추위 탓에 뺨을 가볍게 얻어맞은 기분이다. 겨울은 조용하게 공격적인 계절로, 옷도 두꺼워져 움직이기 힘들다.

그런 사계절에 관계없이 계속 움직이는 아다치는 더 존경받아야 할 사람인지도 모른다.

지금도 움직이고 있다.

"시마무라. 저기, 얼마 전, 말인데."

"얼마 전? 얼마나 얼마 전?"

"친구랑 만난, 그거."

눈을 활짝 뜨고는 아다치가 주뼛주뼛하면서도 깊게 파고들어 오려고 했다. 신경이 쓰이면 무시하지 않는다. 뭐든 뒤로 미루기 일쑤인 나와는 달리 아다치는 항상 정면 돌파다. 오래 살 수 있을지 걱정이다.

오래 살지 않으면 왠지 좀 곤란할 것 같기도 하지만.

"그거 말이지?"

나라면 여기서 '그거' 하고 다시 대답한다. 하지만 아다치는 아무 말도 없이 기다렸다. 그거 말이지?

"즐겁진 않았어."

나는 본심을 털어놓았다. 그걸 즐거웠다고 거짓말을 한다면 그건 타루미한테도 실례일 테니까.

친구를 울렸는데 즐거울 리가 없었다.

"그러니까 아마 더는 만나지 않을 거야."

분명히 이 '그러니까'의 사용법은 틀렸다. 하지만 아다치가 제일 듣고 싶은 말은 이거겠지.

정말? 아다치가 살짝 고개를 숙인 채 눈으로 물었다. 나보다키가 큰데 시선이 항상 아래에서 느껴지는 이유는 뭘까. 정말이야~ 몸짓 손짓으로 그렇게 대답했다. 나는 아다치에게는 지금껏 거짓말을 한 적이 없으리라 생각한다. 하고 싶지 않은 말을얼버무릴 뿐이다.

가끔 하고 싶은 말까지 어물쩍 넘어간다.

…그건, 그러면 안 되겠네. 응. 분명히 좋지 않은 일이야.

그러니까 지금은 말했다.

"아다치는 즐거워."

눈을 똑바로 들여다보며 본심을 털어놓았다.

"어?"

"해피, 오케이, 하하하."

정리했다. 의식적으로 보폭을 크게 벌리고 뛰듯이 걸었다. 어찌할 바를 모르면서도 성실하게 나를 흉내 내며 뛰는 아다치를보니, 더욱 그런 생각이 강해졌다.

"시마무라, 저어."

"왜~?"

"와, 라든가 있으면, 이 아니라, 응?"

"응, 와아아."

'아다치'와 '는'과 '즐거워' 사이에는 많은 것들이 들어간다. 뭐하면 뭐든 들어갈 수 있을지도 모른다.

아아, 그게 참 좋다고 생각한다. 나는.

잔혹하지만. 일부 매우 박정하지만.

다른 사람에겐 그렇게 되지 않는다, 아마도.

"와, 와와와…."

"와아아~"

둘이서 노래하며 계단을 내려갔다.

이게 뭐야. 하지만 즐거웠다.

집에서 공부 도구를 준비하면서도, 휴식이라 칭하며 발렌탄데이에 관해 이런저런 생각을 떠올려 보았다. 조금이라도 색다른 요소를 넣어 보고 싶었다. 변화는 매우 중요한 일일 테니까. 환경도, 날짜도, 안식처도. 모든 것이 시간과 함께 변해 가는데, 우리만 아무런 변화가 없다면 역시 이상한 일이다.

그렇게 생각하기도 생각하지 않기도.

턱을 괸 채 코타츠의 온기와 싸우며 머리를 굴렸다. 안 굴러간다. 밤도 깊어서 그런지 점점 세계가 무거워졌다. 눈꺼풀은 세계다. 뜨면 펼쳐지고, 닫으면 사라진다. 나는 세계의 대부분을 시야에 의존해 확보하고 있다. 사람은 눈에 너무 의존한 나머지 마음을 보기가 어려워졌다고, 누군가의 소설에서 읽은 적이 있는 것 같았다.

방과 후에도 아다치와 이런저런 이야기를 해 봤지만, 건설적인 이야기는 하지 못했다.

아다치는 무난하게 지낼 수 있다면 그것으로 충분하다고 한다. 본인의 행동은 항상 무난하다고 하기 힘든데 이상한 면에서 보수적이다.

초코보다도 먼저 자신이 녹아내릴 듯한 상황에서 문득 교과서를 넣은 채 가지고 온 가방에 눈이 갔다. 그 가방에 달아 놓은 액세서리는 온화한 미소로 항상 나를 바라보았다. 벌렁 누워서 "우오~"하며 팔을 뻗어 가방을 붙잡아 끌어당겼다.

옆구리가 조금 아팠다.

가방의 액세서리를 손에 올렸다. 곰을 본뜬 팬시한 캐릭터. 부드러운 느낌의 곰으로 타루미랑 같이 샀던 물건이다. 타루미랑 같이 물건을 사러 가서, 그때는 웃었는데, 그 이후로 1년도 지나지 않아 여러 면으로 끝이 나고 말았다. 손바닥이 기울어 곰이 미끄러져 떨어졌다.

어정쩡하게 손에 걸려 매달린 채 흔들리는 곰을 흔들림이 멈출 때까지 지켜보았다.

타루미는 이설 앞으로도 소중하게 간직할까. 나는 가능하면 버리고 싶지 않다. 본인보다 이런 물건을 더 소중하게 간직하다니, 내 나름대로 뭔가를 했다는 기분을 느끼고 싶은 것뿐인지도 모르지만.

하지만 그런 시간도 틀림없이 존재했다.

지금이 어떻든 간에 과거는 결코 사라지지 않는다. 손상되지도 않는다.

내가 잊지 않는 한은.

친구로서도 어색한 관계였지만, 그건 타루미가 사실 친구 이상의 관계를 원했기 때문일까. 계속 정말로 그냥 친구 사이일 뿐이었다면 두 사람 사이에 웃음이 남아 있었을까 하는 쓸모없는 생각도 떠올랐다. 그래도 말이지. 그런 생각을 하며 코타츠에 엎드렸다.

더 뭐라도 할 수 있지 않을까? 머리에 걸린 풍선을 붙잡으려 하듯이 손을 움직였다. 하지만 뭔가 행동을 한다고 해도, 어떤 관계가 지속된다고 해도 그 앞에 타루미가 원하는 대답은 분명 존재하지 않는다.

그럼 역시 여기서 끝이라는 생각이 들었다.

끝인가.

정말 끝인가.

"음…."

이래 놓고 착각이었다면 부끄럽기도 하고, 다른 길도 있겠지만.

그럴 일은 없겠지.

깨닫고 보니 타루미의 눈은 아다치와 똑같이 반짝이고 있었으니까.

"으음…."

예전에 타루미와 소원해졌을 때의 일은 기억에도 남아 있지 않다. 어느새 자연히 함께 지내지 않게 됐다. 중학생 때의 시마 짱은 솔직히 말해 나 스스로도 되돌아보고 싶지 않은지, 정확히 떠올리지 못하는 일이 많았다. 일전에 여동생한테 물어봤더니, 지금보다 목소리가 컸다고 한다.

여동생은 별로 무서워하는 낌새가 없었으니, 분명 언니로서 최소한의 역할은 했던 거겠지.

그건 좋다. 다른 건 좋지 않다.

반대로 초등학생 때는 너무 태평했으니, 너무 극단을 오간다.

그때의 일은 기억에 많이 남아 있지만, 돌아보면 너무 무방비한 성격이라 걱정이 될 정도다. 아무런 경계심도 없이 상대의 품으로 뛰어드는 호기심 덩어리. 상대의 사정도 고려하지 않고 파고드는 그 모습에서 타루미는 나름의 어떤 위로를 얻었던 걸까?

지금은 딱 그 두 가지 시절의 중간 같았다. 너무 태평하지도 않고, 너무 예민하지도 않고.

대부분은 좋은 게 좋은 거라며 흘려보내는 성격이 올바른가는 제쳐 두고.

계속 흘려보낸 결과, 아다치와 밀착하게 되리라고는 상상도 못 했다.

아다치와 사귀게 됐어도 예전과 달라진 게 없다고 생각했는데, 분명하게 변한 일이 지금 하나 있었다. 바로 타루미다. 아다치와 사귀었기 때문에 타루미하고는 더는 만날 수 없게 된 것이다.

"아다치다워…."

나와 타루미의 관계인데 그런 감상이 나오는데, 그게 또 아다치다움이라 할 수 있었다.

아다치다움.

내가 아다치만 생각하게 만드는 그런 영향력.

다른 사람에게는 크게 효과가 없는 듯했다. 아다치는 마치 태어났을 때부터 그 모든 것이 결정되어 있다는 듯이, 나에게만 통하는 그것을 갖추고 있었다. 아다치와의 만남은 역시 '운명'이라는 놈인지도 모른다. 요즘 들어 가끔 그런 느낌이 들었다.

만남은 우연이지만, 그 우연은 아주, 아주 오래전부터 결정되어 있었던 듯한… 그런 기분이 들었다. 운명이 느껴진다는, 그런 거다. 왠지 행복이 절정에 달해 분별이 없는 바보 커플 같은 감상이 되어 버렸다. 코타츠의 열기가 발에서 머리까지 올라와서 그런가?

…그래서, 뭐였더라?

무엇을 생각했던 것인가, 완전히 길을 잃어버렸다.

생각은 언제나 정리되지 않은 채 이리저리 방향을 바꾼다. 집 중력의 문제일까?

졸음 탓도 있겠지만 귀차니즘이 이마를 쿡 찌른다.

멍하니 내던지듯이 뒤로 벌렁 누웠다.

등이 바닥에 닿기 전에 물컹 하는 느낌이 들었다.

"우엑."

"어어?"

일어나서 몸을 비틀어 보니, 베개 대신 바다표범을 안은 야시 로가 있었다. 바다표범과 함께 흐물거리며 납작해진 모습이었 다. 일단 툭툭 두드려 보니 둘 다 원래대로 돌아왔다.

"너 거기서 뭐 해?"

"자고 있었습니다만."

"아니, 그런 말이 아니라."

아래에서 보긴 봤지만 이 녀석, 언제 이 방에 온 거지? 직접 들어왔다면 아무리 생각에 빠져 있었다고 해도 알아챘을 것 같 은데.

"너, 정말 저기 문으로 들어온 거 맞아?"

대체 무슨 확인을 하는 거냐는 생각이 들었지만 그래도 해 봤다. 야시로는 조금 멈칫했다.

"물론입니다~"

"그 잠깐의 정적은 뭐야."

　부스스 야시로가 일어났다. 마음에 들었는지 여전히 바다표범을 안고 있었다. 덧붙이자면 야시로 본인은 새 차림이었다. 색의 배합을 봐서는 두루미인가? 왠지는 몰라도 새의 모습이 잘 어울리는 듯했다. 새한테도 새 나름의 고생이 있겠지만, 새는 높은 곳을 난다. 그 모습과 야시로의 자유분방한 모습이 겹쳐 보이는 거겠지.

"호호호."

"뭐가 호호호야?"

"시마무라 씨는 앞으로 더 행복해지실 수 있습니다."

"으음?"

　툭. 두루미의 깃이 내 어깨에 올라왔다.

"자신감을 가지고 살아가시면 됩니다."

　격려를 받은 듯했다. 아마도. 이런 수수께끼의 생물이 순순히 알기 쉽게 다정한 모습을 보일 만큼 내 얼굴에 뭔가가 드러났던 것일까? 으~음, 하면서 야시로의 얼굴을 관찰했다. 두루미의 부리 사이에서 마침 얼굴을 드러낸 야시로는 평소와 다름없이 훈훈한 모습이었다. 약간 졸린 듯도 보였다.

세계 어디를 찾아봐도 찾을 수 없을 것 같은 물색 눈동자에는 대체 무엇이 보이고 있을까.

"그렇게 되면 좋겠군요."

"하하하."

경박하게 웃는 모습을 보니, 웬일로, 오히려 믿음이 갔다.

아무런 망설임도 없이 행복해 보여서 그런지도 모른다.

"그럼 실례하겠습니다."

"응."

쌩~ 하고 야시로가 달려갔다. 여동생한테 돌아가는 거겠지.

뭘 하러 여기에 왔는지는 결국 알 수 없었다. 야시로의 행동에서 '배고프다'와 '한가하다' 이외의 동기를 찾기는 어렵다.

"아."

깜빡했는지, 안고 있던 바다표범을 야시로가 그대로 납치해 갔다.

"뭐, 상관없나."

오늘 밤엔 빌려줄게. 돌아왔을 때는 바다표범도 물색으로 빛나고 있을지도 모른다.

그런데 물색으로 빛나는 생물이 집에 당연하다는 듯이 머물고 있다니 참 신기하다.

지난주 쉬는 날에, 아빠랑 나란히 TV 앞에 앉아 있는 모습을 보고 이제는 정말 우리 집에 완벽하게 적응했다는 느낌이 들었다. 다음에 같이 낚시를 하러 가자는, 그런 이야기를 했었다. 이토록 자유로울 수가.

야시로를 원래 있어야 할 장소로 데리고 가면 세계가 뒤흔들릴지도 모른다. 인류는 커다란 한 걸음을 넘어 백 걸음 정도 발전해 버릴지도 모른다. 물론 그런 일은 관심이 없으니 내일도 부엌에서 졸랑졸랑 돌아다니고 있겠지, 저 녀석이라면.

그런데 저 녀석은 여동생을 계속 미니 씨라고 부르는데, 미니라니 무슨 말일까?

우리 집 가족은 아무도 그렇게 부른 적이 없는데.

어린이는 유래를 알 수 없는 이상한 별명을 붙이는구나 하고 뼈저리게 느꼈다. 나랑 타루미는 아주 간단한 별명이었지만. 나는 누가 부르든 대부분은 시마무라가 기본으로, 거기서 조금씩 개성을 더해 간다. 성이 아닌 이름을 고쳐 부른 사람은 거의 없었다. 이름이 어렵다는 느낌이 드는 건 사실이다.

"이름… 그래, 이름인가."

이상한 데서 다른 이야기에 다다랐다. 사람의 이름. 성이 아닌 이름은 일본에 사는 사람이라면 평소에 별로 등장할 기회가 없다. 내가 이름으로 부르는 사람이라고 해 봐야 야시로 정도다. 거기에 신선함이 있지 않을까 하는 착안점에 다다랐다.

여기저기 곁길로 샌 결과, 맨 처음의 고민 문제가 해결되다니, 참 좋은 결말을 맞이했다고 할 수 있었다.

세계와 우리들. 어느 쪽이 변하는 게 간단한지는 명백하다.

그러니까 변화를 원한다면, 호들갑스러운 짓을 할 필요 없이 살짝 관점을 색다르게 바꾸면 그만이다.

아직도 펼쳐 둔 채 전혀 차례가 돌아오지 않은 공부 도구를 코타츠 탁자 구석에 밀어놓고, 곧장 전화를 들었다.

톡톡톡, 아다치에서 생각난 일을 제안해 보았다.

[올해 밸런타인데이에는 서로를 계속 성이 아닌 이름으로 불러 보자.]

알람이 울리고 있다고, 머릿속으로는 확실히 인지하고 있는데도 팔이 올라가지 않았다. 머리에 공백이 생겼는데, 그것과의 동거가 왠지 기분 좋았다. 몸의 중심에 힘을 주어도 손끝에는 전해지지 않았다. 지금 꾸욱 숨을 참으면, 틀림없이 한 번 더 깊은 잠에 빠져들겠지. 알고는 있는데 움직일 수 없었다.

"아느여…."

"차암."

여동생의 다리가 내 몸을 타고 넘어가는 모습이 보였다. 얘가 무슨 짓을!! 그런 생각을 했지만 아직 몸을 움직일 수 없었다.

결국 여동생이 알람을 눌렀다. 흔히 벌어지는 일이다.

"언니. 항상 생각하지만 알람이 있어도 의미가 없어."

"아니… 이으며그거그거대……."

입술이 전혀 열리지 않아서 반론도 만족스럽게 할 수 없었다. 여동생이 남의 말은 듣지도 않고 공부 책상으로 돌아갔다. 내던져진 전화를 손에 들고 시간을 확인했다. 알람은 시간에 맞춰 아주 성실히 울렸다.

"일단은… 머리를 빗는 게 좋을까?"

퍼석퍼석한 머리카락의 표면을 쓰다듬을 즈음에는 어느덧 졸음도 증발해 버리고 없었다. 열다 만 듯한 커튼에서 흐린 하늘이 엿보였다. 하늘의 색 탓인지, 멍하니 있자니 이불을 한 장 빼앗긴 것처럼 몸이 부르르 떨렸다. 난방은 되고 있는데, 그래도 어디선가 불어온 바람이 등을 때린 것만 같았다.

일단 일어나서 외출 준비를 시작했다. 방을 나선 순간, 발의 가장자리가 육각형이라도 된 것처럼 바닥의 차가움에 몸이 굳었다. 통통, 하고 막 잠에서 깬 사람에게는 힘겨운 높이까지 뛰면서 세면장으로 간 나는 차가운 물에 바르르 날뛰면서도 세수를 하며 의식을 갈고닦았다.

오래 잤지만 삐친 머리는 별로 없었다. 빗과 도구를 들고 머리 정리를 바로 시작했다.

옷을 갈아입고 할 걸 그랬다면서, 잠에서 깬 머리가 냉정하게 판단했지만 이미 늦었다.

마음에 들 때까지 머리를 매만진 다음 방으로 돌아갔다. 여동생은 숙제 중인지 책상 앞에 얌전히 딱 달라붙어 있었다.

"착하네~" 하고 가볍게 칭찬했더니, "언니한테 칭찬을 받아 봐야 별로~" 하고 건방진 소리를 하기에, 보답으로 머리를 쿡 찔러 주었다. 그 손이 닿은 위치가 조금 높아진 기분이 들어, 흐음? 하면서 여동생의 머리를 살짝 바라보고 말았다.

옷을 고르는데 전화가 울렸다. 이번엔 알람이 아니었다. 휙휙 게걸음으로 책상에 다가가 전화를 들었다. 순간 상대가 누구일까 갈피를 못 잡았지만, 아다치였다.

이제부터 만나게 될, 그러니까 뭐더라, 스터디가 연락을 한 것이다.

뭔가 잘못됐다는 생각밖에 안 들었다.

[전화해도 될까?]

"괜찮아~"

가장 처음에 오는 이 메시지 교환, 왠지 습관이 돼 버렸다.

다시 전화가 걸려 와서 일단은 받아 보았다.

"여보여보여보여보세요."

[여… 여보여보세요?]

내가 선수를 치자, 아다치가 난처해 하면서도 맞춰 주었다. 아다치는 역시 착한 녀석이다.

"그런데 무슨 일이야?"

오늘은 볼일이 생겨 만날 수 없게 됐다든가 하는 그런 이야기일까. 아다치와 약속한 뒤로 그런 일은 한 번도 없었다. 내가 어쩔 수 없이 거절할 때는 있어도 아다치가 뭔가를 거절한 적은 없었던 것 같다. 아다치는 아다치의 사정을 먼저 고려해도 괜찮은데. …아니, 꽤 많이 하고 있는 건가?

"제시간에 잘 일어났어."

지각할 걱정은 없다는 생각이 들어 그렇게 보고해 두었다. "제시간에 잘 일어나진 않았잖아." 왼쪽에서 지적이 날아들었지만 듣지 못한 셈 치기로 했다.

[그건… 잘됐네.]

"그러네."

그런 밀도가 옅은 대화를 한 다음, 아다치가 본론을 꺼냈다.

[있지, 이름으로 부르기로 한… 그거.]

"응? 응, 그거."

오늘은 그런 이벤트를 준비해 봤습니다만.

[그거 언제부터 부르면 돼?]

묘한 확인을 했다. 언제부터냐는 질문을 받고 무심코 달력을 확인해 보고 말았다.

날짜를 확인해 봤는데 일어나야 할 날을 틀리지는 않았다.

"언제부터냐니, 오늘?"

관망을 하듯이 소극적으로 대답했다. 대화와 대화의 끝이 맞물리지 않는 듯해 왠지 불편한 느낌이 들었다.

224

[오늘 언제부터라고 하면 될지… 지금은 안 불러도 돼?]

아다치가 왜 이렇게 딱 선을 긋고 싶어 하는지 잘 파악은 되지 않았지만, 기왕이면 직접 만났을 때 서로 불러야 재미있을 듯했다.

"그럼 만났을 때부터."

[그러면, 어어, 오늘 분량만큼 시마무라를 불러 두고 싶어서.]

"으음?"

아다치가 무슨 말을 하는지 금방 이해가 되지 않았다.

아직 나도 아다치 지수가 그리 높지 않은 모양이다.

[시마무라라고 매일 부르고 있으니, 오늘도, 어느 정도는 불러 두고 싶다는… 그런 생각이 들어서.]

"………………."

[시마무라?]

"아하하하하."

그러한 발상에, 무심코 배려도 없이 웃고 말았다. 목소리도 컸는지, 아다치가 놀라서 내쉬는 숨소리도 확인할 수 있었다.

여동생도 깜짝 놀랐다는 듯이 나를 바라보았다. 여동생에게 아무것도 아니라며 손을 좌우로 흔든 다음.

"매일 무슨 생각을 하면 그런 발상을 떠올릴 수 있을까. 아다치는 정말 대단해."

비꼬는 말이 아니라 진심에서 우러나온 칭찬이었다. 다른 차원에서 살고 있지 않을까 하는 생각이 들 만큼.

별사람. 전혀 이해할 수 없는 별종. 강렬하게 의식하게 되는 별개의 차원.

아다치는 이미 거의 외계인이다. 아다치 성인(星人).

최고.

아다치가 뭔가 말을 하려는 듯해서 어떤 반응을 보이나 기다리고 있으니.

[시마무라만 생각하고 있어….]

아다치 성인은 한없이 진지했다.

"아~ 그렇구나. 그렇다면 난 도저히 떠올리지 못할 발상이야."

나는 나에 관해 별로 생각하지 않으니까. 아다치가 200배 정도는 더 나에 관해 진지하게 생각하고 있을 듯했다. 하지만 나도 아다치에 관해서라면 꽤 많이 생각하고 있으니, 응, 그거면 된 건지도 모른다.

"그럼 마음껏 불러 줘도 좋아."

나를 부르는 정도로 만족스럽다면, 그거야 쉬운 일이다. 얼마든지 불러 줘도 괜찮다.

[시마무라.]

"응."

[시마무라.]

"응, 응."

[…시마무라.]

"으~응."

나도 나름대로 조금 더 세심한 대답을 해 줄 필요가 있을까? 하지만 끊임없이 계속되는 '시마무라'에 대답을 하느라 그런 대답을 떠올릴 새도 없었다. 아다치가 형태를 만드는 '시마무라'는 하나도 똑같은 형태가 없이 내 마음으로 떨어져 내려와 조용하게 큰 파문을 만들었다.

그런 아다치를 생각보다도 더 오랫동안 받아들인 뒤.

"만족했어?"

[…응.]

짧은 대답 속에서 확고함이 느껴졌다. 이제는 충분히 만족한 모양이었다.

"그럼 조금 있다가 보자."

[응.]

이건 무슨 전화였을까 싶어 웃으면서 전화를 끊었다.

"자, 그럼."

얼른 준비하고.

그다음에는.

"나갔다 올게. 저녁은 먹고 올 거야."

"알았어~"

부엌에서 목소리가 들려왔다. 그리고 그대로 나는 신발장으로 신발을 고르러 갔다.

"오늘도 아다치랑 데이트니?"

신발을 고르고 있는데 이미 대답을 했던 엄마가 나한테로 다가왔다. 옆구리엔 코알라를 끼고 있었는데, 코알라는 엄마에게 받았을 양배추를 우적우적 먹고 있었다. 그거야 뭐 그렇다 치고.

"데이트라니."

거기다 난 아다치와 나간다고는 아직 한마디도 하지 않았다.

"데이트하기에 딱 좋은 날이긴 하지."

한겨울의 흐린 날씨인데?

"아다치랑 놀러 가는 건 맞지?"

"…맞긴 맞지만."

말투가 좀 마음에 걸렸다. 우리 엄마니까 다른 뜻은 없겠지만 약간 뒤가 켕겼다.

아니, 특별히 뒤가 켕길 일은 없지만, 마음을 표현한다면 그게 제일 가깝다는 생각이 들었다.

"넌 아다치하고만 노는데, 다른 친구는 없어?"

"글쎄, 과연 어떨까?"

반쯤 무시하며 신발을 신었다. 눈 같은 물색 입자가 떠다녀서 옆을 보니 바로 옆에 코알라의 머리카락이 있었다. 정확하게는 코알라 인형 옷의 머리카락이. 안겨 있던 아이가 어느새 도망쳐

228

옆으로 온 모양이었다. 무심코 머리를 쓰다듬자 양배추를 베어 먹고 있던 코알라가 생긋 웃었다. 지금은 우물우물 먹고 있어 말을 할 수 없는 듯했다. 왜 틈만 나면 양배추를 주는지 알 것 같았다.

그리고 엄마가 엉덩이를 가볍게 발로 찼다. 노크라도 하듯이 툭툭 찼기 때문에 처음에는 상대하지 않았지만 마지막에는 귀찮아서 뒤를 돌아보았다. 등 뒤에 서 있던 엄마가 그림자를 충돌시키듯이 다가와 나를 들여다보았다. 허리에 손을 대고 무언가를 평가하듯이.

"호오~ 호오호오호오~~"

"응, 그렇구나."

아무것도 묻지 않고 맞장구를 친 다음 밖으로 나가려고 했다.

"기합이 들어가 있는걸?"

멈추고 싶지 않은데 무심코 걸음을 멈추고 뒤를 돌아보았다.

"여기, 여기, 여기."

엄마가 자신의 얼굴과 목덜미를 가리키고는 옷의 가장자리를 집었다. 뭐어? 하고도 생각했고, 무슨 말을 하려는지 알아채고는 반론을 하려고도 했고, 약간 뺨이 근질거리기도 했지만 내가 뭔가 반응을 보이기도 전에 엄마가 히죽 웃으면서 느릿느릿 손을 흔들었다. 그 모습을 흉내 내듯이 양배추를 씹느라 바빠 보이는 코알라도 앞발처럼 보이는 손을 흔들었다.

"재미있게 놀다 와."

웬만한 일은 다 꿰뚫어 보고 있는 듯한 모습에 어딘가 모를 불편함을 느끼면서도, 작게 고개를 끄덕이고 집을 나섰다. 기합이라니, 하고 생각하며 머리를 긁적이려다가 멈추고 앞을 바라보았다.

"추워."

밖으로 나가자마자 그런 겨울의 당연한 모습과 마주쳤다. 흐린 날씨다운 차가운 바람이 벌써부터 살을 에는 기세로 불어닥쳤다. 이런 날에 외출하다니, 평범하게 생각해 본다면 좀 이상한 일이다.

그런 날인데도 발걸음이 무겁지 않은 것도, 분명 좀 이상한 일이다.

"안녕."

"시마…."

아다치가 날 부르려다가 딱 멈췄다. 오늘의 이벤트를 떠올린 듯, 어깨와 다리가 일직선이 된 모습으로.

"호헤츠?"

"아쉬워라~"

혀가 정상적으로 움직이지 않았던가 보다. 아다치가 가슴을 쿵쿵 두드리고는⋯ 그러니 진정이 되는지, 그 기세로 또 가슴을 두드렸다. 마치 드러밍 같다. 하여간 아다치가 마음을 다잡았는지 산뜻한 표정을 지었다.

"호게츠."

화악, 뺨 전체로 퍼져 나갔다. 아다치의 얼굴이 새빨갛게 물들었는데, 그 온도가 어느 정도인지 알 수 있을 것만 같았다.

즉, 나도 얼굴이 빨개졌다.

아다치가 내 얼굴을 정면으로 보고 이름을 부르니, 그 산뜻한 모습에 나는 정신을 차리지 못했다.

"아, 안녕."

그래서 무심코 한 번 더 인사를 하고 말았다.

도저히 가만히 있을 수 없었는지, 아다치의 손가락과 발이 그 자리에서 버둥거렸다.

"이상해."

"나도 괜히 얼굴이 가려워."

무심코 얼굴을 긁적였다. 새삼스럽게 이제야 순진무구한 분위기가 연출되었다. 지금까지 아다치가 했던 일을 돌아보면, 겨우 이게 부끄러워할 만한 일인가 싶었지만, 그건 그거고 몸이 근질거리는 건 어쩔 수 없었다. 아다치와 나 사이에 아직도 이런 신선한 감각이 있었구나 싶어 감탄을 하고 말았다.

"그럼, 가, 갈까. ⋯호게츠."

아다치가 관절에서 삐걱거리는 소리가 들리지 않을까 할 만큼 어색하게 재촉했다.

"네네, 가죠, 가요."

그 딱딱하게 굳은 어깨를 밀듯이 아다치 옆에 나란히 섰다.

우리가 만난 장소는 역 안이었다. 역에서 만나기로 약속한 건 이번 달 들어 두 번째였다. 첫 번째는 밖으로 나갔지만 지금은 안을 걷고 있다. 여자아이끼리 외출했다는 공통점도 있었다. 다른 점이 있다면, 그래, 다른 점에 관해서는 말을 흐릴 수밖에 없었다.

초콜릿을 사러 나고야에 간다. 내년에는 과연 어떨까. 3학년인데 갈 수 있을까?

역사 안은 언제나 그렇지만 사람이 생각처럼 많지 않아 걷기 편했다. 하지만 전철을 타고 조금만 더 가면 사람으로 북적여 진이 다 빠질 듯해진다. 언젠가는 나도 독립해 그런 장소로 떠나게 될지도 모른다. 실제로는 어떨까? 평생 이 지역을 벗어나는 일 없이 끝나게 될까?

"그런데 아다치는… 아, 아냐아냐 취소. 사쿠라는."

특별히 할 말이 떠오르지도 않았는데 이름을 불러 보았다. 아다치는 오싹한 표정을 지었다. 나도 이름을 불렀을 뿐인데 평소의 거리감과는 전혀 다른 기분이 들어 아다치의 어디를 보면 좋을지 몰라 난처했다.

"내, 내비."

"방금 더듬거렸지? 같은 말을 할 줄 알았어."

"순서가 이상해…."

아다치가 입매를 누르면서 마음이 진정되기를 기다렸다. 기다리는 사이에 나도 등이 조금 오싹거리는 느낌을 받았다.

호게츠와 사쿠라. 뭐야, 이 딴 사람 같은 느낌은. 얼마나 아다치, 시마무라에 익숙해졌는지 확실히 알 것 같았다. 사람도 마을도 평소와 크게 다르지 않은데, 와 본 적이 있는 경치인데도 마치 다른 길을 걷고 있는 기분이었다. 이세계에 흘러 들어온 기분마저 들었다. 머리가 빙글빙글 돌아서 마음이 진정되지 않았다.

"호, 호게츠… 씨."

도저히 단호하게 이름으로 부를 수 없었는지 '씨'가 덤으로 따라왔다.

"무슨 일이신가요?"

개찰구로 가기 위해 계단을 오르면서 맞장구를 쳐 주었다. 아다치의 입술이 벌어졌다 붙었다 하는 모습을 가까이에서 바라보았다. 아다치도 기합을 넣고 화장을 했나 싶어서 슬쩍 확인도 했다.

아니, 나는 별로 기합을 넣은 적이… 무심코 그런 변명을 하고 싶어졌다.

"조금만 더 무슨 이야기를 할지 생각해 볼게…."

중얼거리면서 고개를 숙이는 아다치를 보고, 절로 이히히 하는 웃음소리가 새어 나왔다.

개찰구를 지나 전광판 표시를 확인하면서 플랫폼을 향해 갔다. 발걸음이 빨라진 주변 사람들을 보고 전철 도착이 가까웠다는 사실을 깨달았다. 전에도 이런 일이 있었던 기분이 들어서 아다치와 얼굴을 마주 본 다음 달리기 시작했다. 평소에는 달릴 일이 별로 없으니, 달리면 꼭 이벤트에 참가하는 기분이라 숨이 조금 차고 만다. 절대 체력이 부족해서는 아니다.

마침 플랫폼에 정차한 전철의 가장 가까운 출입문까지 달려갔다. 전철 너머, 배경의 빌딩 사이로 보이는 하늘은 아쉽게도 흐렸다. …밸런타인데이에 어울리는 날씨면 어떤 날씨일까? 눈은 크리스마스에 어울리는 느낌이고, 밸런타인과 맑은 날씨도 별로 딱 맞는 느낌은 들지 않았다. 다만 밤이라는 이미지와 어울리는 것 같기는 했다.

그건 내 마음속 인상에 강하게 남은 밸런타인이 밤이라서 그런 거겠지.

정말 단순한 이유였다. 하지만 시작이란 그만큼 중요하다. 분명히.

전철 안은 매우 한산한 편이어서, 나란히 앉을 수 있는 자리도 선택할 수 있을 정도였다. 점심시간을 조금 지난 어중간한 시간이라 그런 듯했다. 내가 창가에 앉자 아다치도 곧장 그 옆으로 미끄러져 들어왔다.

"호제츠."

앉자마자 아다치 로봇이 이름을 불렀다. 목을 움직이는 모습이 영락없는 로봇이었다.

획, 하고 순식간에 정확히 목을 돌렸는데 그 뒤로 곧장 삐걱삐걱 소리가 날 것처럼 움직임이 뻣뻣했다.

"기, 기대된다."

대화 내용까지 뻣뻣했다. 평소에도 담소를 나눈다고 할 정도는 아니지만, 지금은 더욱 두드러져 보였다.

"즐겁네."

"왠지 가벼운데…."

"무거운 분위기보다는 즐거운 게 더 낫잖아."

즐거움은 매일매일의 중력을 잊게 해 준다. 즐겁지 않더라도 열중하게 되면 가벼워진다.

꿈이 현실을 반쯤은 대신해 주기 때문이라고 생각한다.

"호제츠."

"응응."

아다치는 익숙해지고 싶어서 그런지, 몇 번이고 몇 번이고 내 이름을 불렀다.

틀림없이 내일은 아다치와 시마무라로 돌아갈 텐데, 그래도 아다치는 지금을 위해서 최선을 다한다.

그런 점을 고려한다면, 내 뺨이 오글오글한 정도는 얼마든지 감수해 줘도 되지 않을까.

전철이 움직이기 시작했다. 덜컹, 하고 크게 흔들리는 전철에 맞춰 유쾌하게 한 번 고개를 가로저었다.

"뭐라도 할까? 이야기는 그… 검토 중이니까."

"음~ 그럼 손가락 씨름 할까?"

쓱, 하고 왼손을 내밀었다. 후후후, 원래 쓰는 손이 아니니 이건 핸디캡이야, 아다치.

"어째서?"

"그렇게 들었거든."

판초가. 나한테서.

"하, 할까."

머뭇머뭇 아다치의 왼손이 다가왔다. 그걸 꽉 붙잡고 요격하며 엄지를 뻗었다.

역시 발렌탄데이에는 손가락 씨름이구나. 놀랍게도 나고야까지 가는 동안 두 정거장 정도는 시간을 때울 수 있다. 아다치의 엄지를 누르고 몇 초간 카운트를 세는 목소리에 생기가 돌 듯해서 다급히 입을 꾹 닫기도 하고 참 분주했다.

에잇, 에잇, 하며 아다치의 엄지를 뒤쫓았다. 아다치는 엄지가 너무 많이 도망가면 어째서인지 생각을 고쳐먹은 듯이 다시 돌아오려는 습관이 있었다. 성격이 드러나 참 재미있다고 생각하며, 계속해서 엄지를 꽉 눌렀다.

이렇듯 쉽게 시간을 때우는 데 성공했다.

손가락 씨름이 끝나자, 아다치는 상당히 자연스럽게 웃을 수 있게 됐다.

아다치는 진심으로 웃으려면 좀 시간이 걸린다. 지금까지 살아온 모습이 그런 점을 통해 엿보였다.

앞으로는 그런 모습이 어떻게 바뀌어 갈까.

"나는 생각이 안 나서 못 하겠으니까, 시마무라가 대신 뭐라도 얘기해 줘."

"………………………."

"시마무라?"

"………………………."

"아… 호, 호게츠."

"좋아~ 그러면~"

이름을 부를 때까지 새침하게 무시해 봤다. 아다치를 상대할 때면 무심코 때때로 심술이 얼굴을 드러낸다.

어째서일까. 손바닥이라도 펼친 것처럼 상쾌한 기분인데도 시치미를 뗀다.

"음… 아다치라는 방주(方舟)에 관해 이야기해 볼까?"

살짝 의미심장해 보이는 화제를 꺼내 보았다. 의아한 표정을 짓지 않을까 기대하며 얼굴을 봤는데, 아다치는 입술을 삐죽이고 있었다. 새를 흉내 내는 건가 하고 계속 보고 있으니.

"아다치가 아니라."

"에구."

나도 실수를 하고 말았다. 긴장을 풀면 그만 일상으로 돌아간다.

아다치가 있는 일상으로.

"사쿠라."

도움닫기를 하듯이 일단 한마디. 아다치도 연습이라 받아들였는지 꽉 주먹을 쥐었다.

"그런데… 방주라니, 무슨 말이야?"

"사쿠라는 탈것이라는 이야기."

일부러 추상적인 표현을 선택했다. 아다치는 잠시 눈을 이리저리 움직였지만, 곧 그 뺨이 발그레 조명을 밝힌 것처럼 물들었다. 대체 무슨 상상을 했기에.

"사쿠라는 나를 여러 곳으로 옮겨다 주니까."

아다치가 없었다면 지금 전철에 타고 있을 가능성도 없다.

아다치가 없었다면, 타루미와 또 만났을 테고, 헤어지지도 않았겠지.

좋은 일도 나쁜 일도, 아다치와 함께다.

그건 물리적인 의미에 머물지 않고.

내 감정마저도 처음 보는 땅으로 옮겨다 주었다.

"오늘은 이제부터 어디로 데려가 줄지… 정말로, 응, 정말로 기대돼."

나 같은 사람이 그런 말을 주저 없이 할 수 있을 만큼 알기 쉽고.

아다치가 너무나도 마음을 숨기지 않으니, 무심코 그렇게 되어 버린다.

아다치는 무언가를 깊이 생각하는 자세로, 손가락 씨름에 사용했던 엄지를 위아래로 움직이며 그 모습을 가만히 바라보다가.

"시마무라의 이야기는 어려워서 잘 모르겠지만."

"응, 시마무라 씨의 이야기구나."

내가 지적하자 아다치는 윽, 하는 표정을 지었지만 그래도 그대로.

"시마무라 호게츠가 기뻐해 준다면, 나는, 나도… 즐거워!"

어떤 말을 하면 될까 찾아봤지만 찾을 수가 없어서, 힘껏 쥐어짠 말이라는 사실이 그대로 전달되었다. 그렇듯 확실히 전달된다는 점이 말의 가장 중요한 부분이라고 생각한다. 아다치는 그런 면이 뛰어나다. 서투르지만, 근본은 너무나도 순수하고 매우 탄탄했다.

풀네임을 부르는 건 분명 이게 처음이다.

아다치가 발끝에서 머리끝까지 매만지고 지나간 기분이 들었다.

오늘의 장난도 앞으로도, 전부 다 하나로 묶어 내듯이.

"…………아다치 사쿠라~"

"어? 뭔데, 뭔데?"

"그냥."

"뭐, 뭐야~"

시선을 회피하며 흐린 하늘을 바라보았다. 이 자리에서 당장이라도 벗어나 날아가 버리고 싶은 심정이었다.

이윽고 전철이 목적지인 역으로 미끄러져 들어갔다. 정지한 전철이 어서 가라는 듯이 문을 열었다.

먼저 자리에서 일어선 아다치를 추월하듯이 한 걸음 먼저 빠르게 앞으로 나아갔다.

"있지, 사쿠라."

전철에서 내리기 직전, 나는 돌아보며 말했다.

"가자."

내가 먼저 아다치에게 손을 내밀었다.

아주 보기 드문 일… 아니, 어쩌면 이게 처음 아닐까?

그런 기분이 들기는.

팔을 쭉 뻗는 일은 의외로 은근히 부끄러웠다.

하지만 가슴속은 솔직해져 갔다.

그곳을 내달리는 감정이 뜨거웠다.

심장의 고동이 그것을 뒤쫓아 가는 듯했다.

아다치는 처음에 눈을 동그랗게 떴다.

자신의 역할을 빼앗겨서 멍한 것처럼.

하지만 곧장 아다치는 내 손끝을 눈치챘다.

아다치는 조금 호들갑스럽게 입매를 누그러뜨리며 눈동자를 글썽였다.

울까 웃을까 망설이는 채로.

"갈게, 호."

거기서 살짝 막히는 그런 면이 아다치다웠다.

숨을 다시 들이쉬고.

"호게츠."

어디까지고.

내 손을 꽉 쥐었다.

아다치는 손을 잡는 걸 아주 좋아한다.

서로의 마음에 틀림없이 사쿠라가, 벚꽃이 피어나니까.

그래, 지금도.

두 사람을 위한 사쿠라가… 벚꽃이 겨울이라는 때의 흐름마저 거스르며 흐드러지게 피어났다.

'Hear-t'

같이 잘 때, 시마무라는 잠들기 직전의 짧은 시간 동안 내 머리카락을 손가락으로 빗어 준다.

그 손가락이 귀의 가장자리에 닿으면, 내 어깨는 무심코 살짝 움찔한다. 어둠에 익숙해지기 시작했을 때 뻗어 온 시마무라의 손이 내 반응에 맞춰 주듯이 움직임을 멈췄다. 흐릿하게 보이는 시마무라의 팔은 우리 사이에 걸리는 밝은 다리 같았다.

"자고 있었어?"

"아니. 그냥 눈을 떴을 뿐이야."

"눈을 뜨면서 잤어."

시마무라가 그렇게 단정 지으며 웃었다. 나는 조금 생각하다가 시마무라와 내 손을 겹쳤다. 두 사람의 손이 올라간 머리가 부드러운 베개에 깊숙이 잠겨 들었다.

"시마무라, 머리 만지길 좋아하는구나."

"응? 음~ 그럴지도?"

촉감이 좋으니까. 시마무라가 우리의 손을 바라보며 중얼거렸다.

"왠지 마음이 진정돼."

"그래?"

"뭔가에 닿으면 마음이 진정될 때 없어?"

"난… 별로 없을지도."

시마무라와 닿으면 그게 언제가 됐든 마음이 진정되지 않는다.

아무리 시간이 거듭되어도, 다음에는 항상 신선하고, 최신이고, 자극적이다.

그래~? 라고 하며 시마무라가 눈을 감았다. 그러는 사이에 입매가 누그러졌다.

"아다치는, 나랑 의견이 안 맞을 때가 많네?"

"응…."

"그게 좋아."

"좋아?"

"아다치와 의견이 맞지 않을 때가 즐거워."

눈을 감은 채, 시마무라는 계속 미소 지었다.

"겹치지 않으니 목소리가 두 개. 그게 더 좋아."

기쁜 듯한 입매에서 시마무라의 말이 약동하더니, 시마무라가 눈을 떴다.

불도 없는데 시마무라는 빛이 났고, 강한 빛은 내 눈 안쪽으로 비쳐 들어왔다.

아아. 절로 그런 소리가 나온다.

피가 휘돌았다.

살아 있다는 실감이 들었다.

역시 마음은 한곳에 머무르지 못했다.

이불에 다리를 걸면서 몸을 앞으로 내밀었다. 시마무라에게 가까이 다가갔다. 시마무라가 그런 나를 눈치채고 가만히 나를

246

바라보았다.

윽, 하고 어쩔 줄 몰라 히면서도 슬금슬금 침대를 이동했다.

시마무라가 뒤로 물리는 손보다 조금 느리게.

그리고 시마무라를 문자 그대로 코앞에서 느낄 수 있는 곳까지 가서 그 손을 잡았다.

나와 시마무라의 손바닥의 미세한 온도 차이에 등이 오싹거렸다.

"…진정돼?"

"아니~ 역시 이래선 진정이 안 되네."

숨결이 앞머리를 흔드는 거리에서 서로의 목소리가 가까워졌다.

쓴웃음을 짓는 시마무라에게 조금 더 가까이 다가갔다.

심장 소리가 겹치는 소리가 들렸다.

10권 끝

여기까지 아다치와 시마무라 10권이었습니다. 드디어 두 자릿수.

솔직히 여기까지 계속되리라고는 생각하지 못했습니다. 정말로. 이것도 모두 여러분의 사랑 덕분입니다. 땡큐, 세계여!

일단 12권 정도까지는 진행할 예정입니다. 왜냐하면 예전에 11권까지는 진행한 적이 있으니까.

그런데 아다치와 시마무라도 꽤 역사가 길군요. 1권을 발매한 게 몇 년 전이었나 싶어 조사해 보니, 제가 30세가 되기 전의 작품이었습니다. 그때는… 그때부터 하나도 변했다는 느낌이 안 드네.

안녕하세요, 이루마 히토마입니다. 요즘 아다치와 시마무라는 가볍게 시공을 넘나들고 있습니다만, 전에도 말씀드렸다시피 8권에서 최종화를 맞이했으니 9권 이후는 길고 긴 후일담이나 마찬가지입니다. 그러니 너무 신경 쓰지 마시고 즐겁게 읽어 주신다면 기쁘겠습니다.

이번에는 ALTDEUS:Beyond Chronos라는 게임의 Star‑t라는 노래를 들으면서 글을 썼습니다. 그렇다기보다는 사운드트랙을 구입한 이후로는 이것만 듣고 있습니다만… 아주 좋은 곡이니 기회가 있다면…이 아니라, 꼭 기회를 만들어 들어 주십시오. 기회는 기다리기보다는 만드는 게 더 빠릅니다.

요즘엔 말이죠~ 그러네요~ 아무것도 없군요. 평온하고 무탈하게 살아갈 수 있다니, 멋진 일입니다. 그런 나날이 계속된다면 좋겠다고 가끔 생각하곤 합니다.

그러고 보니 일러스트가 또 바뀌었군요. 지금은 제3형태인가요? 만화도 포함하면 5단계 변신으로 돌입했으니, 슬슬 금색이 될 것만 같습니다. 잘 부탁드립니다.

물론 금색이 된 다음 원래대로 돌아갔지만요, 머리카락은.

이번에도 구입해 주셔서 진심으로 감사드립니다.

이루마 히토마

아다치와
시마무라

아다치와 시마무라 [10]

————————

2023년 4월 10일 초판 발행

저자 이루마 히토마 | **일러스트** raemz | **캐릭터 디자인** 논 | **옮긴이** 문기업
발행인 정동훈 | **편집인** 여영아
편집 팀장 황정아 | **편집** 노혜림
발행처 (주)학산문화사 | 서울특별시 동작구 상도로 282 학산빌딩
편집부 02.828.8838(전화), 02.816.6471(팩스) | **영업부** 02.828.8986(전화), 02.828.8890(팩스)
홈페이지 www.haksanpub.co.kr | **등록** 1995년 7월 1일 | **등록번호** 제3-632호

————————

ADACHI TO SHIMAMURA Vol.10
ⓒHitoma Iruma 2021
Edited by 전격문고
First published in Japan in 2021 by KADOKAWA CORPORATION, Tokyo.
Korean translation rights arranged with KADOKAWA CORPORATION, Tokyo.
through Korea Copyright Center Inc.

————————

ISBN 979-11-411-0050-6 04830
ISBN 979-11-256-3678-6 (세트)

값 7,000원

나를 좋아하는 건 너뿐이냐 15

라쿠다 지음 | 브리키 일러스트

TV애니메이션 방영작!

"죠로는 팬지의 연인이 되었어. 그러니까 나는 이렇게 여기에 왔어." 크리스마스이브 당일. 약속 장소에 나타난 사람은 팬지가 아니라, 중학교 때 같은 반이었던 코사이지 스미레, 통칭 '비올라'. 뭐가 뭔지 상황을 전혀 받아들일 수 없는 나를 무시하고 데이트를 만끽하는 비올라. 게다가 말일까지 같이 있어 달라고? …아니, 녀석이랑 똑같이 너도 12월 31일이 생일이냐! …그래. 그 녀석. 내 연인인 산쇼쿠인 스미레코는 어디 있지? 연락도 안 되고, 다른 애들이랑 썬은 얼버무리기만 할 뿐. 그래도 너를 찾아내겠어. 하기로 결심했으면 한다. 그게 내 모토다. 뭐? 이 녀석이 힌트라는 게 진짜야…?!

(주)학산문화사 발행

이데올로그! 7

시이다 주조 지음 | 유우키 하구레 일러스트

리얼충 폭발 안티 러브 코미디,
최종권!

"료케 양이 학생회장 선거에 출마해 줬으면 해요.""나는 그렇게 사람들 앞에 나서서 이야기하는 건….."학생회장 미야마에의 추천으로 내키지는 않았지만 차기 학생회장 선거에 입후보한 료케. 미야마에의 후원 덕분에 당선이 거의 확실해 보였지만….. "놀랐어요. 당신이… 입후보할 줄이야."학생회 내부에 숨어 있던 복병, 서무 사지카와의 여러 방해 공작 때문에 선거전은 파란의 양상을 보인다. 이런 혼란 속에서 대성욕찬회의 과격파가 타카사고를 납치하는데…?!

(주)학산문화사 발행

전생소녀의 이력서 6

카라사와 카즈키 지음 | 쿠와시마 레인 일러스트

검과 마법의 이세계로 전생한
절세 미소녀의 행복찾기, 제6탄!

결계가 붕괴되어 왕국 전체가 혼란에 빠졌다. 하지만 루비포른령은 지금까지 행한 영지정책과 타고사쿠가 퍼뜨린 요르의 가르침으로, 마물의 피해를 최소한으로 억누를 수 있었다. 루비포른 영내의 혼란이 진정되기를 기다리다, 알렉에게 받은 '신을 죽이는 검'을 가지고 배쉬에게 돌아가는 료. 마물 대책으로 성냥이 유효하다고 실감한 료는 다시 한번 흰 까마귀 상회를 이용하여 다른 영지로 성냥을 보내는 계획을 실행한다. 흰 까마귀 상회의 인원을 늘리고 길을 정비하여 성냥 등의 배급이 다른 영지로 전달되면서 왕국을 뒤흔든 마물 재해도 진정되기 시작할 무렵, 왕도에서 어느 상인이 찾아오는데….

(주)학산문화사 발행

학전도시 애스터리스크 16

미야자키 유 지음 | 오키우라 일러스트

최고의 학원 배틀 엔터테인먼트,
절정을 눈앞에 둔 제16탄!

정점은 과연 누구인가? '왕룡성무제' 결승전, 돌입! 유리스가 아야토를 꺾고 먼저 결승전 진출을 결정지었다. 남은 결승전 티켓을 쥐는 자는 사야인가 오펠리아인가. 하지만 준결승에서 오펠리아를 상대로 해 보고 싶은 일이 있다고 말한 사야는, 싸우기 전에 오펠리아에게 이렇게 말했다. "나는 오늘 싸우기 위해 여기에 온 게 아니야. 나는 너와 대화를 하러 왔어."한편 '왕룡성무제' 뒤에서는 아야토 일행이 조금씩 금지 편 동맹의 핵심에 접근해 나가는데….

(주)학산문화사 발행